Kristina

FREMDSPRACHENTEXTE

Gilles Rozier

Un amour sans résistance

Roman

Herausgegeben von
Ernst Kemmner

Philipp Reclam jun. Stuttgart

Diese Ausgabe darf nur in der Bundesrepublik Deutschland, in Österreich und in der Schweiz vertrieben werden.

RECLAMS UNIVERSAL-BIBLIOTHEK Nr. 19703

Gesamtherstellung: Reclam, Ditzingen. Printed in Germany 2006
RECLAM, UNIVERSAL-BIBLIOTHEK und RECLAMS UNIVERSAL-BIBLIOTHEK sind eingetragene Marken der Philipp Reclam jun. GmbH & Co., Stuttgart
ISBN-13: 978-3-15-019703-5
ISBN-10: 3-15-019703-1

www.reclam.de

À Jean

Ein Fichtenbaum steht einsam
Im Norden, auf kahler Höh.
Ihn schläfert; mit weißer Decke
Umhüllen ihn Eis und Schnee.

Er träumt von einer Palme
Die, fern im Morgenland,
Einsam und schweigend trauert
Auf brennender Felsenwand.

Un grand pin se tient solitaire,
Dans le Nord sur un sommet nu.
Il fait un somme: neige et glace
Le recouvrent d'un manteau blanc.

Il rêve à la palme lointaine
Très loin là-bas en Orient.
Silencieuse et solitaire
Triste sur un rocher brûlant.

Heinrich Heine

1

Si vous voulez que je vous raconte, mettez-moi du Schumann, la musique convoquera mes souvenirs. Des Lieder … Commençons par *Schöne Wiege meiner Leiden*. TAta TAta TAta TAta, quatre des plus beaux trochées du génie allemand. Je vais baisser la lumière. Laissons le thé infuser quelques minutes, voulez-vous? Je l'aime avec une goutte de lait, un thé de Chine, je tiens la théière de ma grand-mère. Il n'y paraît pas, mais elle est très ancienne. Ma grand-mère l'a reçue pour son mariage, un cadeau de sa marraine retour de Hongkong, son époux y avait travaillé pour une compagnie anglaise. Ma grand-mère s'est mariée un an avant la naissance de ma mère, en 1889, vous voyez si c'est ancien …

2 **mettre:** hier: (Schallplatte) auflegen, (CD) einlegen.
3 **Schumann:** Robert Sch. (1810–1856), deutscher Komponist der Romantik.
convoquer un souvenir: eine Erinnerung heraufbeschwören.
4f. **«Schöne Wiege meiner Leiden»:** Gedicht von Heinrich Heine (*Junge Leidenlieder*, 1817–21), vertont von R. Schumann, op. 24, Nr. 5.
6 **le trochée:** Trochäus (Metrum, bei dem auf eine betonte eine unbetonte Silbe folgt).
baisser la lumière: Licht dimmen, schwächer machen.
7 **laisser infuser le thé:** den Tee ziehen lassen.
8 **une goutte de …:** ein bisschen …
9 **la théière:** Teekanne.
9f. **il n'y paraît pas:** es hat nicht den Anschein, es sieht nicht so aus.
11 **le parrain / la marraine:** Pate, Patin, Patenonkel, -tante.

La grosse, au centre, c'est ma mère. À sa gauche, ma sœur Isabelle et son mari, Jean-Louis, à côté d'elle. Sur les genoux d'Isabelle, France, sa fille. Elle devait avoir un an, au plus. À droite de ma mère, mon autre sœur, Anne, son mari avait déjà été liquidé par la Résistance. Le plus grand, là, c'est François, le fils aîné d'Isabelle, et Marcel, à côté, le second. Et le petit Alfred. Et moi, là. La photographie a été prise devant la maison de ma mère. C'était notre maison à tous, mais surtout la sienne. Il y avait un perron, ma mère l'a fait détruire après-guerre mais on reconnaît les fenêtres et l'acacia. Mon père était prisonnier en Allemagne.

Le photographe, c'était Volker Hammerschimmel, un SS. Il baisait ma sœur Anne, pardonnez l'expression, je n'en vois pas d'autre. Elle hurlait de plaisir au premier étage. Le lustre de cristal du salon tintinnabulait pour accompagner les coups de reins du Boche. La guerre était si triste, il fallait bien s'amuser. Ma sœur

5 **liquider qn:** jdn. liquidieren, umbringen, erschießen.

5f. **la Résistance:** französische Widerstandsbewegung während des Zweiten Weltkriegs, deren herausragender Führer General de Gaulle war.

10 **le perron:** Außentreppe.

12 **un acacia:** Akazie.

13f. **un SS:** Mitglied der SS (Schutzstaffel), einer Eliteeinheit Adolf Hitlers.

14 **baiser qn** (pop.): jdn. vögeln, bumsen.

15 **hurler:** brüllen, schreien (dazu: *le hurlement*).

16 **le lustre:** (Kron-)Leuchter.
tintinnabuler: klirren.

17 **le coup de rein:** Lendenstoß (beim Geschlechtsverkehr; *les reins*, m., pl.: Nieren, ‚Kreuz', Hüftgegend).
le Boche (péj.): abwertender Ausdruck für den deutschen Besatzer; etwa: Drecksdeutscher.

était en deuil, la pauvre. Elle baisait pour oublier. Elle adorait se faire pénétrer par l'ennemi, alors elle le criait. Elle était à l'image de son pays: offerte.

À la Libération, un voisin a violé ma sœur Anne sous les applaudissements de tout le quartier. La scène se passait devant la grille du jardin. J'avais rejoint l'attroupement. Anne était méconnaissable, le crâne entièrement rasé. Elle paraissait maigrelette. Elle était nue comme un ver, je découvrais sa nudité pour la première fois, pas seulement la peau de son crâne, tout son corps, intégral. Le voisin s'était allongé sur elle au milieu de la rue. Du violeur, on voyait les fesses, deux pastèques rebondies d'athlète, il était champion régional de ski de fond. Ma sœur ne s'était jamais dévêtue devant moi, nous étions une famille

1 **être en deuil:** in Trauer sein.
2 **se faire pénétrer:** sich penetrieren lassen, einen Mann in sich eindringen lassen.
4 **la Libération:** Befreiung Frankreichs von der deutschen Besatzung am 8. Mai 1945.
violer qn: jdn. vergewaltigen (dazu: *le viol*).
6 **la grille:** Gitter; Gartentor.
6f. **rejoindre un attroupement:** sich zu einer (Menschen-)Menge gesellen, zu einer Menge stoßen (*un attroupement:* Menschenauflauf).
7 **méconnaissable:** bis zur Unkenntlichkeit enstellt.
8 **le crâne:** Schädel.
maigrelet, te: dürr, abgemagert.
9 **le ver:** (Regen-)Wurm.
la nudité: Nacktheit.
11 **intégral, e:** vollständig, ganz und gar.
11f. **s'allonger sur qn:** sich auf jdm. ausstrecken.
13 **les fesses** (f.): Gesäß, Pobacken.
la pastèque: (Wasser-)Melone; hier (fig.): melonenförmige Pobacke.
rebondi, e: prall.
14 **le ski de fond:** Skilanglauf.
15 **se dévêtir:** sich ausziehen, sich entkleiden.

où l'on ne se montrait pas, et pourtant, elle avait été nue dans ma tête chaque fois qu'elle s'était donnée à Volker. Elle criait si fort, c'était comme si elle avait ouvert grand la fenêtre du premier étage et qu'elle avait montré ses seins, son ventre, son sexe.

Ma sœur a dit que ce viol d'après-guerre l'a traumatisée. L'être humain a d'étranges réactions. Faire l'amour tous les jours, parfois deux fois par jour, jamais la nuit car il dormait à la caserne, avec le représentant du Führer sur terre ne l'avait pas choquée, mais se faire pénétrer trois ou quatre petites fois par la verge du voisin un matin avant l'apéritif a brisé quelque chose en elle. Moi, c'est l'inverse: je regardais le skieur de fond trifouiller ma sœur nue sur le pavé et la scène me semblait moins violente que les hurlements qui avaient rythmé notre guerre. Pourtant, d'une certaine manière, Anne et son SS, en assurant à la maison familiale une certaine impunité, avaient arrangé mes affaires, et j'avais été un peu complice du crime dont Anne était accusée et qu'elle payait par ce viol public. Ce ne fut pas simple, à la Libération, d'expliquer les allées et venues dans la mai-

5 **le sein:** (weibliche) Brust, Busen.
le sexe: Geschlechtsteil.
12 **la verge:** Penis, männliches Glied.
12f. **briser qc:** etwas zerbrechen.
13 **moi, c'est l'inverse** (m.): bei mir ist es umgekehrt.
14 **trifouiller qn** (pop.): jdn. bumsen (*trifouiller*, fam.: durchwühlen).
15 **le pavé:** (Straßen-)Pflaster
18 **une impunité:** Straflosigkeit, Straffreiheit.
19 **arranger les affaires** (f., pl.) **de qn:** jdm. gelegen kommen, jdm. in den Kram passen.
22 **les allées** (f., pl.) **et venues** (f., pl.): das Kommen und Gehen, das Hin und Her.

son aux volets rouges durant l'Occupation, les montées d'escalier, les descentes à la cave.

Ma mère passait du temps dans la cuisine attenante à la salle de séjour, au rez-de-chaussée. Il n'y avait pas grand-chose à faire mijoter dans les casseroles, mais elle avait conservé ses habitudes d'avant, comme l'amputée de la main continue d'actionner son index en pensée pour chasser une miette sur la table. Ma mère se tenait en cuisine, elle nettoyait surtout. Quand ma sœur se mettait à hurler, je voyais le visage de ma mère changer d'expression, et ses coups d'éponge se faisaient frénétiques au rythme des tressautements du lustre en cristal du salon. Ma mère n'était plus le chef de famille, cette femme forte, autoritaire, mais une esclave courbant l'échine sous les coups de son tortionnaire. Chaque cri de ma sœur claquait comme une trique.

Je quittais la maison quand Volker arrivait. Je ne

1 **le volet:** Fensterladen.
l'Occupation (f.): deutsche Besatzung Frankreichs im Zweiten Weltkrieg (22. Juni 1940 – 8. Mai 1945).
3 **attenant, e:** angrenzend, daneben gelegen (Zimmer).
5 **faire mijoter:** köcheln lassen, schmoren.
7 **un amputé / une amputée:** Amputierte(r).
actionner: betätigen.
un index: Zeigefinger.
8 **la miette:** Brotkrümel.
12 **une éponge:** Schwamm.
frénétique: hier: schnell und heftig.
12 f. **le tressautement:** Ruck, Schwanken.
15 **un(e) esclave:** Sklave, -in.
courber l'échine (f.): den Rücken krümmen, beugen.
16 **le tortionnaire:** Schinder, Folterer.
16 f. **claquer:** klappern, knallen.
17 **la trique:** Schlagstock, Knüppel.

voulais pas subir l'outrage de l'ennemi déversant sa semence dans des entrailles consanguines. Mais Volker se faufilait souvent en toute discrétion, aussi curieux que cela puisse paraître, et il m'arrivait de remarquer sa présence aux premiers tremblements du lustre. Le temps d'enfiler mon manteau et de lacer mes souliers, de me redonner un coup de peigne devant la glace de l'entrée et je devais subir les premiers gémissements de ma sœur avant d'avoir franchi la grille du jardin. En quittant la maison, descendant les marches du perron, je levais les yeux vers la fenêtre de la cuisine et j'observais l'attitude de ma mère, le visage figé, occupé à récurer frénétiquement le poêle déjà impeccable.

Car ma mère n'a jamais rien dit. Elle aurait pu gifler ma sœur, la traiter de catin, de traînée, de fille à

1 **subir qc:** etwas erleiden; hier: etwas miterleben.
un outrage: Schmach, Kränkung.
déverser qc: etwas ergießen, spritzen.
2 **la semence:** Samen, Sperma.
les entrailles (f., pl.): hier: Unterleib.
consanguin, -ine: blutsverwandt.
3 **se faufiler:** sich einschleichen.
5 **le tremblement:** Zittern, Beben.
6 **enfiler:** (Kleidungsstück) überziehen.
lacer: (Schuhe) schnüren.
9 **le gémissement:** Stöhnen, Ächzen.
franchir: überwinden, übersteigen.
13 **figé, e:** erstarrt, starr (Gesicht).
récurer qc: etwas scheuern.
le poêle: Ofen.
14 **impeccable:** einwandfrei, tadellos sauber.
15 f. **gifler qn:** jdn. ohrfeigen.
16 **traiter qn de qc:** jdn. etwas heißen, als etwas beschimpfen.
la catin (fam.): Nutte.
la traînée (fam.): Herumtreiberin, Schlampe.

soldats, de putain à la solde des Boches et que sais-je encore, mais ces injures sont restées bloquées au fond de sa gorge. Ma mère était incapable de corriger sa petite dernière. Elle avait la main leste et avait su user du martinet à l'envi sur ses autres enfants. Avait-elle juré de ne toucher ma sœur Anne que pour lui administrer des caresses? Elle avait passé l'éponge, sans cesse. Alors Anne ne se privait pas. Dès l'enfance, elle avait fait ce qu'elle avait voulu sans essuyer aucune remontrance. Elle piétinait les fleurs du jardin, mangeait les framboises avant la cueillette sans en laisser aux autres. Elle avait souvent volé des vélos dans le voisinage. À quatorze ans, elle faisait sa première fugue, pour suivre le fils d'un cantonnier qui partait faire les vendanges dans le Sud. Elle n'était plus vierge à son retour, je l'ai lu sur le visage de ma

1 **la putain** (pop.): Hure.
2f. **rester bloqué, e au fond de la gorge de qn:** jdm. im Hals stecken bleiben.
3 **corriger qn:** jdn. züchtigen
4 **avoir la main leste:** eine lockere Hand haben.
5 **le martinet:** Klopfpeitsche.
à l'envi: um die Wette.
7 **administrer qc à qn:** jdm. etwas verabreichen
la caresse: Liebkosung.
8 **ne pas se priver:** hier: nichts auslassen.
9 **essuyer qc:** hier: etwas abbekommen, hinnehmen müssen.
10 **la remontrance:** Tadel, Zurechtweisung.
piétiner qc: auf etwas herumtrampeln.
11 **la cueillette:** Ernte.
14 **faire une fugue:** von zu Hause ausreißen.
le cantonnier: Straßenwart.
15 **partir faire les vendanges** (f., pl.): zur Weinlese gehen.
16 **la vierge:** Jungfrau.

mère. Pendant plusieurs semaines, ma mère avait semblé nerveuse, comme anxieuse, et un jour, subitement, elle a retrouvé le sourire. Quand j'ai demandé à ma sœur Anne si elle savait pourquoi notre mère avait fini de s'inquiéter, elle m'a dit Elle va pas être grand-mère tout de suite. Anne n'a pas repris l'école après la fugue, mais elle a été dispensée de travailler. Elle passait ses soirées à danser, ses matins à dormir, ses tantôts à flirter. Elle était libre de faire ce que bon lui semblait. Alors elle ne connaissait pas de limite. Pourtant, nos parents avaient été sévères avec Isabelle et moi. Nous étions sous surveillance permanente. Ma sœur aînée avait rencontré un garçon du Sud-Ouest, un trou perdu de Gascogne, on ne pouvait y parvenir en moins de seize heures, que ce soit par le train ou en voiture. Elle s'était empressée de se marier avec lui, pour quitter la ligne de mire des parents. Le jour de la photo, elle était de passage par chez nous, c'était exceptionnel, un jour de Pâques je crois, mais elle était repartie le soir même. On ne la voyait pour ainsi dire jamais. Nous avons passé la guerre sans elle. Quand le territoire national a été coupé en

2 **anxieux, -euse:** nervös angespannt.
2f. **subitement:** plötzlich, unvermittelt.
7 **dispenser qn de faire qc:** jdn. davon freistellen, etwas zu tun; jdn. von etwas befreien.
9 **le tantôt** (région.): Nachmittag.
12 **être sous surveillance:** überwacht werden (*la surveillance:* Überwachung).
14 **le trou perdu** (pop.): abgelegenes Kaff.
16 **s'empresser de faire qc:** sich beeilen, etwas zu tun.
17 **la ligne de mire:** Blickfeld, Gesichtskreis.
18f. **être de passage par chez qn:** kurz bei jdm. vorbeischauen.

deux par la ligne de démarcation, elle n'en fut pas mécontente: un trait tracé en gras sur les cartes de France la séparait de nous, une frontière comme un cordon sanitaire. Moi, j'ai persisté à portée de fusil de ma mère. J'étais plutôt docile. Mon père a pris le large pendant toute la guerre, sur le front d'abord, puis captif en Allemagne, du côté de Idar-Oberstein.

Notre guerre aurait-elle été différente si mon père n'avait pas été prisonnier? On ne refait pas l'histoire, on mettrait la terre entière en bouteille avec tous les morts des champs de bataille, des exodes, des famines, des nettoyages et des exterminations. Mon père n'était pas tout à fait présent, même avant la guerre. Il partait au travail, en revenait, il faisait son jardin le dimanche et les soirs d'été. L'hiver, il mettait son vin en bouteille à la cave, il se rendait à la messe le dimanche, y communiait, un réflexe qu'il tenait de l'en-

1 **la ligne de démarcation:** Demarkationslinie zwischen freier und von den Deutschen besetzter Zone; sie verlief auf einer Linie nördlich von Lyon bis Bordeaux und zur spanischen Grenze.
2 **tracé, e en gras:** mit dickem Strich gezogen.
4 **le cordon sanitaire:** Sperrgürtel.
persister: durchhalten.
à portée de fusil: hier: (fig.) in Reichweite, in ‚Schusslinie'.
5 **docile:** gefügig, folgsam.
5f. **prendre le large:** sich absetzen, das Weite suchen.
7 **le captif / la captive:** Gefangene(r).
Idar-Oberstein: Stadt in Rheinland-Pfalz, bekannt für ihre Edelsteinschleiferei.
11 **un exode:** Exodus; hier: Flucht.
la famine: Hungersnot.
12 **le nettoyage:** (politische) Säuberung.
une extermination: Ausrottung, Vernichtung.
17 **communier:** das Abendmahl einnehmen.

fance. Il nous lançait des «Comment va?» le matin au réveil sans écouter la réponse. Il était dans son monde, on ne savait pas très bien lequel, fermé à double tour derrière une porte invisible, un voile léger mais suffisant pour le rendre inaccessible. Quand il m'est arrivé, dans l'enfance, de lui demander «À quoi tu penses, papa?», il m'a répondu J'étais en train de m'endormir, ou Les roses sont bien rouges cette année. À Noël et au Jour de l'an, en début de soirée, après être resté assis à table tout l'après-midi en faisant mine de participer à la conversation, il se dressait subitement et déclarait qu'il allait faire la gratinée, un réflexe, presque un instinct, comme la communion mais en plus sincère sans doute, car il y mettait cœur et énergie, faire revenir des oignons, de l'eau, du vin blanc, des tranches de pain grillées, du fromage râpé, du comté plutôt que du gruyère, c'est meilleur et c'est français, enfourner le tout et surtout, surtout remuer sept fois dans le four pour répartir le grillé dans tout le plat. Cette gratinée était un régal mais le goût d'un plat suffit-il pour se souvenir d'un père?

1 **lancer à qn:** jdm. zurufen.
3f. **fermé, e à double tour** (fig.): abgeschottet, abgeriegelt (*fermer une porte à double tour:* eine Tür doppelt verriegeln).
5 **inaccessible:** unzugänglich.
10f. **faire mine de …:** so tun als ob …
12 **faire la gratinée:** Zwiebelsuppe kochen.
14f. **mettre du cœur à qc:** sich für etwas verausgaben.
15 **faire revenir des oignons** (m.): Zwiebeln dünsten, anbraten.
16 **râpé, e:** gerieben (Käse).
17 **le comté:** halbfester Käse aus der Franche-Comté.
le gruyère: Greyerzer.
18 **enfourner qc:** etwas in den Backofen schieben.
remuer qc: etwas wenden.
20 **le régal:** Schmaus, köstliches Essen.

Ma mère était là. Dans mon enfance, pendant la guerre, après aussi, bien que rien ne fût plus pareil dans cet après. Elle était un roc en sa demeure, comme si la maison avait été construite autour d'elle.

Lorsque la Légion des volontaires français contre le bolchevisme fut créée, le mari d'Anne compta parmi les premiers volontaires de la région. Il n'était pas incorporable en 1939, santé trop fragile, et il voulait servir la France. La LVF acceptait les asthmatiques. Anne pavoisa quelques mois en femme de, elle se prenait pour la sous-préfète et s'était acheté un nouveau chapeau. Anne et son mari s'étaient fait de nouveaux amis, du côté de Vichy. Le Maréchal avait transmis à ma sœur les pleins pouvoirs sur le quartier. Elle semait la terreur dans le voisinage par mari inter-

3 **le roc:** Fels.
la demeure: Haus, Wohnung.
6 **le bolchevisme:** Bolschewismus; im kommunistischen Sprachgebrauch bis zu Stalins Tod (1953) benutzter Sammelname für Theorie und Praxis des Sowjetkommunismus.
7 f. **incorporable:** wehrtauglich.
8 **fragile:** anfällig, schwach (Gesundheit).
10 **pavoiser** (iron.): sich aufplustern.
femme de ...: Frau von ..., vornehme, adlige Dame.
11 **la sous-préfète:** Frau des Unterpräfekten.
13 **Vichy:** Stadt in der Auvergne; Sitz der Exilregierung unter Marschall Pétain zur Zeit der deutschen Besatzung.
le Maréchal: Philippe Pétain (1856–1951), französischer Marschall und Politiker; Kriegsheld des Ersten Weltkriegs und Chef der Vichy-Regierung (1940–45).
14 **transmettre qc à qn:** jdm. etwas übertragen.
les pleins pouvoirs (m., pl.): Vollmacht.
15 **semer la terreur:** Angst und Schrecken verbreiten.
15 f. **par mari interposé:** auf dem Weg über ihren Mann.

posé. Dès qu'un voisin ou un commerçant ne lui obéissait pas, elle lui jetait un regard noir. Les représailles ne tardaient pas à s'abattre sur le dissident. Un matin, ma sœur et mon beau-frère prenaient le petit déjeuner sur le perron. C'était une belle journée, l'acacia était couvert de fleurs. Une voiture s'est arrêtée devant la grille. Un homme, visage découvert, a brandi une arme. Tacatacatac. Il a tiré sur le couple. Il a touché le mari en pleine tête, raté ma sœur mais il était trop tard pour s'y reprendre à deux fois. La voiture redémarra en trombe et Anne resta pétrifiée sur sa chaise, maculée du sang de son époux. Mon beau-frère n'a pas eu le temps d'aller mourir de froid dans les plaines de Russie, ni de s'engager dans la Milice, il l'aurait fait s'il avait vécu, c'est certain.

Le chef de je ne sais quelle faction locale fit un discours à l'enterrement. Il promit de châtier les coupables. Ses paroles sur l'anti-France tonitruaient dans la

2f. **les représailles** (f., pl.): Repressalien, Vergeltungsmaßnahmen.
3 **ne pas tarder:** nicht auf sich warten lassen.
s'abattre sur qn: über jdn. kommen, jdn. ereilen.
4 **le beau-frère:** Schwager.
8 **brandir une arme:** eine Waffe schwenken.
Tacatacatac: lautmalerisch für das Geräusch einer Gewehrsalve.
11 **redémarrer en trombe:** in hohem Tempo wieder anfahren.
pétrifié, e: wie versteinert.
12 **maculé, e:** befleckt, bespritzt.
14 **la Milice:** polizeiähnliche Hilfstrupps, die der Exilregierung von Vichy zuarbeiteten und die deutschen Besatzer unterstützten.
16 **la faction:** politische Gruppierung.
17 **châtier qn:** jdn. bestrafen.
18 **l'anti-France:** Gegner Frankreichs (gemeint sind hier Widerstandskämpfer wie Kommunisten, Sozialisten, Alliierte).
tonitruer: laut ertönen.

cathédrale. Anne était en noir, une robe avec des manches jusqu'aux poignets et un col montant. C'était l'été, la chaleur était caniculaire. La semaine suivante, Anne avait adapté la robe à la saison, manches courtes, décolleté plongeant. Quelques coups de ciseaux, trois ourlets, quatre boutons dorés avaient suffi pour donner au costume de deuil un air pimpant. Elle se mit à sortir beaucoup. Son statut de veuve de collaborateur l'exemptait de couvre-feu. Elle fréquentait les cabarets où les chanteurs à la mode participaient à l'effort de guerre en distrayant les soldats de l'armée de nos vainqueurs. Elle rentrait à point d'heure, souvent ivre. Elle parlait fort en descendant de la voiture qui la raccompagnait, baragouinait parfois quelques mots d'allemand, une langue qu'elle n'avait jamais été capable d'apprendre correctement. Quelques semaines plus tard, Volker entrait en elle comme dans du beurre.

2 **le col montant:** hochgeschlossener Kragen.
3 **la chaleur caniculaire:** starke Hitze, wie z. B. an den »Hundstagen« (23. Juli – 23. August).
5 **le décolleté plongeant:** tiefer Ausschnitt (des Kleids).
5 f. **le coup de ciseaux** (m., pl.): Schnitt mit der Schere.
6 **un ourlet:** (Kleider-)Saum.
doré, e: vergoldet.
7 **pimpant, e:** pfiffig, schick.
8 **le statut:** Status, (Familien-)Stand.
9 **exempter qn de qc:** jdn. von etwas freistellen, befreien.
le couvre-feu: Ausgehsperre, Sperrstunde.
10 **le cabaret:** hier: Musikkneipe.
11 **distraire qn:** jdn. unterhalten.
12 f. **à point d'heure:** in den frühen Morgenstunden.
14 **baragouiner** (fam.): radebrechen, kauderwelschen.

2

J'enseignais l'allemand, un beau métier. Une belle langue, idéale pour aiguiser la sagacité des bons élèves. J'aimais sa littérature. J'avais tout lu, Lessing, Goethe, Schiller et Kleist, Kant, Nietzsche, Hölderlin, les frères Grimm, Schelling, Brentano, von Arnim, von Chamisso, Hoffmann, Heine, Büchner, Lou Andreas-Salomé, Schnitzler, Hoffmannsthal, Rilke, Werfel, Wedekind, Lasker-Schüler, Trakl, Döblin, Kafka, Remarque, von Horváth, Jünger, Musil, Hesse, Wassermann, Zweig, Kästner, Benn, Brecht et j'en passe. Ma bibliothèque était l'une des plus belles de la ville. Thomas Mann y occupait une place de choix. *Tristan, Tonio Kröger, Buddenbrooks, Königliche Hoheit, Joseph und seine Brüder, Der Zauberberg, Mario und der Zauberer, Doktor Faustus*, et surtout: *Der Tod in Venedig*. J'avais acquis à Heidelberg, en 1930, avant que Mann soit mis à l'index par les nazis, un beau volume publié chez S. Fischer à Berlin, relié plein cuir. Je peaufinais mes connaissances par une année de littérature allemande à l'université. J'avais vécu une en-

3 **aiguiser qc:** etwas schärfen.
la sagacité: scharfer Intellekt.
11 **et j'en passe:** und andere mehr, und so weiter.
18 **mettre (un écrivain) à l'index:** (Schriftsteller) auf den Index setzen, d. h. seine Schriften verbieten.
19 **relié plein cuir:** ganz in Leder gebunden.
20 **peaufiner ses connaissances:** seine Kenntnisse vervollkommnen, vertiefen.

fance solitaire, ne me liant jamais d'amitié. En Allemagne, je n'avais recherché la compagnie de personne, je préférais flâner en solo et m'asseoir sur le banc d'un parc pour lire. Pourtant, j'avais distingué Hans-Joachim Friedberg, un beau garçon sensible, parmi les dizaines de jeunes gens qui fréquentaient la faculté de lettres. La plupart des étudiants se retrouvaient sur les bancs de l'université par la volonté de leurs parents. Ils se laissaient guider dans un apprentissage qui ne les passionnait pas. Ils se contentaient de noter ce que les professeurs enseignaient. Pour le reste, ils se trouvaient pour la première fois de leur vie dans des classes mixtes et connaissaient leurs premiers émois amoureux. Les garçons passaient leur temps à taquiner les filles, et les filles se laissaient volontiers titiller. Hans-Joachim était différent. Pour lui, il n'y avait ni filles ni garçons, que des êtres doués ou non d'une sensibilité à l'art et à la beauté. Nous avions rapidement sympathisé car nous nous retrouvions sur ce point. Son père aurait voulu en faire un mathématicien, il lui avait tenu tête: il s'était inscrit à la faculté de littérature car la langue allemande, son maniement par les écrivains et les mondes qu'ils vous apportaient

1 **solitaire:** einsam.
se lier d'amitié: Freundschaft schließen.
4 **distinguer qn:** jdn. bevorzugen, bevorzugt behandeln.
6f. **la faculté de lettres** (f., pl.): geisteswissenschaftliche Fakultät.
13 **mixte:** koedukativ, mit Mächen und Jungen.
14 **un émoi amoureux:** Verliebtheit.
15 **taquiner qn:** jdn. necken.
16 **titiller qn:** jdn. kitzeln.
21 **tenir tête à qn:** sich gegen jdn. durchsetzen, jdm. standhalten.
22 **le maniement:** Umgang, Handhabung, Verwendung.

sur un plateau étaient trop séduisants pour ne pas leur consacrer une vie d'étude. Hans-Joachim voulait être écrivain, ou metteur en scène de théâtre, ou peut-être professeur de littérature allemande. Il rêvait de remplir les amphithéâtres, les étudiants viendraient l'écouter comme certains se pressent dans des stades, pour vivre une expérience collective, mystique.

Hans-Joachim me fit passionnément aimer Thomas Mann. J'avais presque tout lu avant de le rencontrer, mais il m'incita à relire *Der Zauberberg* et les autres, ou plutôt à entendre le texte, car il m'en déclamait des pages entières, le soir, dans sa chambre. Je m'allongeais sur le lit qui ressemblait au mien (toutes les chambres étaient agencées de la même manière bien que nous ne fussions pas logés dans le même bâtiment, et il n'était pas question d'apporter sa touche personnelle, la grande Allemagne aurait pris ombrage de toute fantaisie). Il prenait la pose, debout, le livre ouvert au bout d'un bras, battant la mesure de son autre main, et commençait à lire. La musique, la musique de Thomas Mann, comme un quatuor de Schu-

1 **séduisant, e:** verführerisch (*séduire:* verführen).
2 **consacrer qc à qc:** etwas einer Sache widmen.
5 **un amphithéâtre:** halbrunder Hörsaal einer Universität mit im Halbkreis angeordneten Sitzreihen.
6 **se presser:** sich drängen.
8 **passionnément:** leidenschaftlich.
11 **déclamer qc:** etwas deklamieren, laut vorlesen.
14 **agencé, e:** eingerichtet, angeordnet.
16f. **la touche personnelle:** persönliche Note, eigener Stil.
17 **prendre ombrage de qc:** etwas verübeln.
19 **battre la mesure:** den Takt schlagen.
21 **le quatuor:** (Streich-)Quartett.

bert. Je balançais entre l'envie de fermer les yeux pour mieux goûter le texte et celle de les garder grands ouverts, car Hans-Joachim était beau, et j'aimais regarder son visage s'animer sous les effets de la littérature. Il avait des yeux bleu acier, avec juste une couronne plus sombre autour de la pupille, et quand il déclamait, le soir, ses yeux abandonnaient parfois le texte qu'il tenait entre ses mains pour se fixer sur moi, vifs, emportés. Sa peau était lisse, une délicate enveloppe, semblable à la peau d'une pêche tout juste mûre dont on devine qu'elle se détachera sans difficulté du bout des doigts.

La lecture durait des heures. Mon ami disposait d'une énergie mystérieuse, il reprenait rarement sa respiration, le texte jaillissait comme Mann l'avait conçu, limpide, cristallin. C'était vrai, Hans-Joachim aurait pu devenir acteur. Au bout de plusieurs chapitres, il s'arrêtait net. Il restait quelques secondes debout, le temps que les notes et les mots retombent, et il s'ins-

1 **balancer:** schwanken.
4 **s'animer:** lebhaft werden, sich beleben.
5 **bleu acier:** stahlblau (Augen).
6 **la couronne:** hier: runder Rand, Ring.
9 **emporté, e:** hingerissen.
lisse: glatt.
9f. **une enveloppe:** Hülle.
11 **se détacher:** sich ablösen.
13 **disposer de qc:** über etwas verfügen.
14f. **reprendre sa respiration:** Atem holen.
15 **jaillir:** hervorsprudeln.
16 **limpide:** klar.
cristallin, -ine: kristallklar.
18 **s'arrêter net:** abrupt aufhören.

tallait sur le lit à côté de moi. Allongé sur le matelas, la nuque légèrement cassée pour que sa tête pût reposer contre la cloison, il scrutait le motif du papier peint sur le mur face à nous. Son souffle était rapide. Il récupérait tout l'oxygène qu'il n'avait pu capter durant la lecture. Lentement, sa respiration s'apaisait et Hans-Joachim s'endormait. Lorsque je savais qu'il ne pourrait me surprendre, je tournais la tête pour le regarder dormir. Je lui volais un peu de son sommeil – mais seulement du regard –, la courbure de ses cils bruns, la chair de sa bouche dont le carmin tranchait avec le rose orangé de sa peau. J'aurais pu rester la nuit entière à le scruter, mais je me sentais coupable de ce rapt sournois. Je cessais au bout de quelques dizaines de minutes, gardais pour moi cet inassouvissement. Je regagnais ma chambre en toute discrétion, me glissais comme une couleuvre par les couloirs et

1 **le matelas:** Matratze.
2 **la nuque:** Nacken.
cassé, e: hier: gebeugt, geneigt.
3 **la cloison:** (Zimmer-)Wand.
scruter qc: etwas mustern, prüfend anschauen.
3f. **le papier peint:** Tapete.
5 **récupérer qc:** etwas wieder hereinholen, wieder aufholen.
l'oxygène (m.): Sauerstoff.
capter: hier: aufnehmen.
6 **s'apaiser:** sich beruhigen (Atmung).
10 **la courbure:** Bogen, Wölbung.
le cil: Wimper.
11 **le carmin:** Karminrot.
11f. **trancher avec qc:** sich von etwas abheben, einen Kontrast mit etwas bilden.
14 **le rapt:** Übergriff, Raub.
sournois, -oise: heimtückisch, hinterhältig.
15f. **un inassouvissement:** ungestillter Hunger.
17 **la couleuvre:** Natter.

les escaliers pour ne pas attirer les foudres du surveillant, mon exemplaire de *Der Tod in Venedig* en main. De retour dans ma chambre, je plaçais le volume sous mon oreiller. Je ne l'aurais ouvert pour rien au monde, préférant laisser à mon ami allemand le bonheur de me l'offrir. Je me lavais et la main à toilette que je passais sur mon corps était comme un instrument de purification après ces instants de coupable régal, mais je regrettais qu'elle gommât de ma peau l'empreinte d'une ambiance, un moment délicieux. *La Mort à Venise*, dans ma vie, c'était ces instants de bonheur furtif à Heidelberg. Au fond de mon terrier en France occupée, plus tard, j'ai relu Thomas Mann; j'entendais la voix de Hans-Joachim en parcourant les lignes. Je ne vois plus ses gestes, ils se sont effacés, tout juste si je perçois encore son odeur.

Nous avons peu correspondu après mon année allemande. Peut-être voulions-nous conserver tout leur éclat à ces mois de notre vie. Après la déclaration de guerre, je n'ai pas cherché à savoir ce que Hans-Joachim était devenu. Il était allemand, j'aimais ma patrie, nous étions en guerre. Il était l'ennemi.

1 **les foudres** (f., pl.): fürchterlicher Zorn.
4 **un oreiller:** Kopfkissen.
6 **la main à toilette:** Waschlappen.
8 **la purification:** Läuterung, Reinigung.
9 **gommer qc:** etwas abwischen, entfernen.
une empreinte: Abdruck.
11 **furtif, -ive:** heimlich, verstohlen.
12 **le terrier:** Höhle.
15 **s'effacer:** verblassen.
19 **un éclat:** Glanz.

Hans-Joachim m'accompagnait quand j'ai acquis l'exemplaire de *Der Tod in Venedig*. Le libraire, un vieil homme qui semblait connaître par cœur chaque ligne des livres qu'il vendait, avait emballé l'objet dans un papier de soie et je l'y avais laissé jusqu'à la tombée du jour. J'avais pris mon dîner avec mon ami à la cantine du foyer. Nous avions ensuite gagné ma chambre, trompant la vigilance de la gardienne, il s'était saisi du livre comme d'une chose que nous avions tous deux secrètement désirée depuis le matin. Il avait libéré l'ouvrage de son voile, qui avait chu en une volée silencieuse. Hans-Joachim avait ouvert le livre à la première page et s'était mis à réciter.

«Der Tod in Venedig, Novelle von Thomas Mann. Erstes Kapitel. Gustav Aschenbach oder von Aschenbach, wie seit seinem fünfzigsten Geburtstag amtlich sein Name lautete, hatte an einem Frühlingsnachmittag des Jahres 19.., das unserem Kontinent monatelang eine so gefahrdrohende Miene zeigte, von seiner Wohnung in der Prinzregentenstraße zu München aus allein einen weiteren Spaziergang unternommen.»

Der Tod in Venedig devint mon livre de chevet. Quand les Allemands occupèrent la zone sud, j'évitais

4 **emballer qc:** etwas einwickeln, einpacken.
5 **le papier de soie:** Seidenpapier.
8 **la vigilance:** Wachsamkeit.
11 **choir** (arch.; verbe défectif): fallen.
12 **la volée:** Flug.
13 **réciter:** rezitieren, aufsagen, laut vorlesen.
15 **Gustav Aschenbach:** Hauptfigur von Thomas Manns Novelle *Der Tod in Venedig*.
22 **le livre de chevet:** Lieblingsbuch (*le chevet:* Kopfende des Bettes).

de le garder sur ma table de nuit, ils n'auraient pas apprécié. Le titre ne fut pas le seul à quitter ma chambre. Je descendis les auteurs mis à l'index à la cave. Heine, von Horváth, Arnold et Stefan Zweig, Wassermann, Werfel, Schnitzler, Thomas et Heinrich Mann, les ennemis de l'Allemagne éternelle. En quoi l'étaient-ils, je n'avais pas compris, juifs je crois, ou enjuivés, je ne saisissais pas très bien le sens de ces mots. En général, j'avais horreur de ne pas comprendre, mais l'époque était aux confusions et aux slogans rapides. Je n'avais pas cherché à détecter l'argument fallacieux de ce bannissement, je subissais l'interdit et m'en arrangeais: j'ai organisé un cabinet de lecture derrière la cave à vin. Avec des planches qui traînaient dans la buanderie, un vieux fauteuil mis au grenier à cause de son cuir trop râpé et une petite lampe de bureau, je me suis constitué un lieu intime, pour moi et mes déboutés du nazisme. La lampe dispensait un halo de lumière très concentré. Je pouvais descendre lire la nuit et l'allumer, elle éclairait ma

2 **apprécier:** gut finden, schätzen.
8 **enjuivé, e** (péj.): verjudet.
saisir qc: etwas begreifen.
10 **l'époque était aux confusions** (f.): es waren wirre Zeiten.
11 **détecter qc:** etwas herausfinden, ausfindig machen.
12 **fallacieux, -euse:** trügerisch, verlogen.
le bannissement: Verbot, Verbannung.
un interdit: Verbot.
15 **la buanderie:** Waschküche.
16 **le grenier:** Speicher.
râpé, e: abgeschabt (Leder).
18 **un débouté / une déboutée** (jur.): Abgewiesene(r).
18f. **dispenser qc:** etwas hergeben.
19 **le halo:** hier: Lichtkegel.

lecture, mais au-delà d'un mètre alentour, l'espace restait plongé dans l'obscurité. J'accédais à ma cachette par une petite ouverture en ogive pratiquée dans le mur à l'endroit le plus sombre de la cave à vin. Je devais me mettre à quatre pattes, comme un animal, pour passer. J'avais dissimulé l'entrée derrière des cageots vides qu'il m'était aisé de replacer devant l'ouverture une fois à l'intérieur. Pour plus de sécurité, je rebouchais l'orifice à l'aide de pavés ramassés discrètement, jour après jour, sur un chantier de voirie, en revenant du lycée. Qui aurait pu trouver la cache de mes écrivains interdits? Qui aurait eu l'idée de la chercher dans la maison d'une intrigante accouplée à un membre de la SS?

Je descendais rarement à la cave. Le dimanche matin parfois, quand la famille était à la messe (je n'y allais plus, j'avais du mal à supporter les discours haineux du curé qui s'était trompé de métier), ou tard dans la

1 **alentour** (adv.): im Umkreis, drum herum.
2 **accéder à un lieu:** an einen Ort gelangen.
3 **une ogive** (arch.): spitz zulaufender (Gewölbe-)Bogen.
5 **à quatre pattes** (f.): auf allen Vieren.
6 **dissimuler qc:** etwas verbergen.
7 **le cageot:** Kiste.
9 **reboucher qc:** etwas wieder zumachen, wieder verschließen.
un orifice: Öffnung.
le pavé: hier: Pflasterstein.
10f. **le chantier de voirie** (f.): Straßenbaustelle (*la voirie:* Straßenbauamt).
12 **la cache:** Versteck.
13 **un intrigant / une intrigante:** Verschwörer(in).
13f. **être accouplé, e à qn:** mit jdm. verbandelt sein.
17 **haineux, -euse:** hasserfüllt.

nuit, quand je ne parvenais pas à trouver le sommeil. Il me fallait au moins vingt minutes pour me calfeutrer dans ma bibliothèque: dégager l'orifice, me glisser à l'intérieur, reconstituer l'opercule de cageots et de parpaings. J'y descendais quand je pouvais y rester longtemps. Qui connaissait l'existence de cette arrière-cave? Je crois que ma sœur ne s'était jamais intéressée aux sous-sols, mon père était en captivité, l'électricien qui avait réparé l'installation, un cousin du côté de ma mère, était mort au front en 1940, du côté de Dunkerque. Et ma mère? Elle ne parlerait pas. Ce n'était pas son genre. Elle supportait les amours scandaleuses de ma sœur et protégeait ma bibliothèque clandestine. J'ignorais si elle savait, mais ma mère m'avait appris à ne pas dénoncer. Elle avait une phrase quand nous nous mêlions par trop des affaires des autres: Balaie devant ta porte!

Quant aux livres restés sur les étagères de mon bureau, je ne les ouvrais plus que pour préparer mes cours. L'idée de cette littérature autorisée m'avait ôté

2f. **se calfeutrer:** sich einnisten, sich verschanzen.
3 **dégager qc:** etwas freimachen.
4 **un opercule:** Deckel.
5 **le parpaing:** Baustein.
8 **le sous-sol:** Kellergeschoss.
la captivité: Gefangenschaft.
11 **Dunkerque:** Dünkirchen, in der Région Nord gelegene französische Stadt am Ärmelkanal.
12 **le genre:** hier: Art, Stil.
14 **clandestin, -ine:** heimlich.
15 **dénoncer qn:** jdn. anzeigen, verraten.
20 **autorisé, e:** genehmigt, erlaubt.
ôter qc: etwas (weg)nehmen, rauben.

tout désir pour Schiller, Goethe et tous ceux qui avaient reçu l'imprimatur de Berlin et Vichy. Bien que je n'aie pris aucune part dans la lutte contre l'occupant, mon esprit ne s'intéressait qu'aux recalés de la morale national-socialiste. Allez savoir pourquoi. Par goût de la clandestinité peut-être. Depuis l'enfance, j'avais pris l'habitude de tout dissimuler: mes passions, mes angoisses, mes déceptions. Ma mère avait donné l'exemple. Chez nous, on ne montrait pas. Alors cette liste noire des écrivains, c'était comme une petite aubaine qui m'autorisait à me constituer un lieu intime pour lire en cachette, c'est-à-dire, n'est-ce pas, en liberté. J'avais disposé les réfugiés sur les étagères, Heine, dont on avait déboulonné la statue à Francfort, à une place de choix. La plupart des volumes étaient reliés de cuir, une marotte, j'aimais les beaux livres. Je les avais portés moi-même à un petit atelier d'une rue un peu sombre de la vieille ville, à l'exception de *Der Tod in Venedig*, que j'avais acheté déjà recouvert d'une peau rousse, un an après sa parution. J'ignore à qui il avait appartenu avant moi. La page de garde conservait la trace d'un *ex libris* que le

2 **l'imprimatur** (lat.): Druckerlaubnis.
4 **le recalé / la recalée:** Ausgeschlossene(r).
6 **la clandestinité:** Heimlichkeit.
8 **la déception:** Enttäuschung.
11 **une aubaine:** Fundgrube, Glücksfall.
14 **déboulonner qc:** etwas abmontieren.
20 **roux, rousse:** rostrot.
20f. **la parution:** Erscheinen (Buch).
22 **la page de garde:** Vorsatzblatt.
un ex libris (lat.): wörtl.: aus den Büchern des …; oft künstlerisch gestaltete, mit Bild geschmückte Blätter, die als Besitzvermerk meist in den vorderen Deckel eingeklebt werden.

libraire avait dû décoller avant de remettre le livre en vente. Qui l'avait tenu entre les mains? Les marques sombres laissées par la colle sur le papier ne composaient pas un indice suffisant pour me permettre de reconstituer l'enfance de mon livre. Qui l'avait serré entre d'autres volumes dans son cabinet de travail? Un bibliophile contraint de liquider rapidement sa collection? Un vieil érudit qui, jusqu'au plus grand âge, avait assemblé une bibliothèque monumentale et dont les enfants peu scrupuleux avaient dispersé les trésors dès le lendemain de sa mort? Un aristocrate héritier d'un prince électeur, dont le château avait été vidé par des cambrioleurs? J'aimais, *a posteriori*, avoir soustrait *La Mort à Venise* à un destin quasi certain: celui de finir en flammes sur l'un des bûchers dressés par les Allemands en place publique.

Sur le chemin de mon cabinet littéraire, la tentation était grande d'attraper au vol une bouteille de roma-

1 **décoller qc:** etwas ablösen.
2 **la marque:** Spur, Abdruck.
7 **le/la bibliophile:** Bücherfreund(in).
liquider qc: hier: etwas auflösen.
8 **un érudit:** gebildeter Mensch.
10 **peu scrupuleux, -euse:** wenig ehrfürchtig, ziemlich skrupellos.
disperser qc: etwas verstreuen.
12 **un héritier / une héritière:** Erbe, Erbin.
le prince électeur: Kurfürst.
13 **le cambrioleur:** Einbrecher.
a posteriori (lat.): im Nachhinein.
14 **soustraire qc à un destin:** etwas vor einem Schicksal bewahren.
15 **le bûcher:** Scheiterhaufen.
17 **la tentation:** Versuchung.
18f. **le romanée-conti:** Weingut an der Burgundischen Weinstraße.

née-conti 1932, afin de savourer son jus durant ma lecture. Je l'ai rarement fait, par prudence, pour ne pas éveiller les soupçons de la maison sur mon activité nocturne. J'aimais résister à la tentation de profaner un rituel, laisser à mon père le privilège de la cave à vin et l'office d'en ouvrir les bouteilles. Mais mon père était captif de l'Allemagne, et j'ai parfois débouchonné pour être avec lui en pensée, moi au fond d'une cave envahie de livres en allemand, lui au service de quelque paysan analphabète de la campagne palatine. Mon père avait été le grand absent de cette guerre. Qui sait, s'il était resté parmi nous, comment les affaires familiales auraient été menées. Ma sœur aurait-elle pu offrir sa croupe aux nazis? Et moi, aurais-je vécu ce que je m'apprête à raconter au fond de cette cave? Mais je radote. Quand mon père est revenu, six ans après nous avoir dit au revoir, le paquetage sur le dos, il n'en a pas cru ses yeux. Sa ville natale était éventrée, et sa famille ne ressemblait plus à

1 **savourer qc:** etwas schmecken, genießen.
3 **le soupçon:** Argwohn, Verdacht.
4 **nocturne:** nächtlich.
profaner qc: etwas entweihen.
5 **le rituel:** Ritual.
6 **un office:** Amt, Aufgabe.
7 f. **débouchonner:** (Flasche) entkorken.
9 **envahi, e de qc:** hier: voll mit etwas (*envahir qc:* in etwas eindringen).
10 **analphabète:** des Lesens und Schreibens nicht mächtig.
11 **palatin, -ine:** pfälzisch.
14 **offrir sa croupe à qn** (fam.): etwa: sich bumsen lassen (*la croupe:* Kruppe [Pferd]; hier, fam.: Hintern).
15 **s'apprêter à faire qc:** sich anschicken, etwas zu tun.
16 **radoter:** faseln, dummes Zeug reden.
17 f. **le paquetage:** Gepäck.
19 **éventré, e:** ausgeweidet; hier: vom Krieg zerstört.

grand-chose. Je n'avais jamais été proche de ma petite sœur Anne, mais la guerre allait nous projeter à des années-lumière, elle du côté des vaincus, moi vaguement du côté des victimes, quoique.

À la cave, l'impossibilité de chambrer le vin, l'obligation de le boire aux douze ou treize degrés de température des lieux m'aidaient à résister au désir de consommer en l'absence de mon père. C'est aussi cette fraîcheur de dessous la terre qui m'empêchait de rester en lecture, car au bout d'un certain temps, mes doigts s'engourdissaient, mes os s'imprégnaient d'humidité. L'hiver, la température de la maison n'était guère supérieure, nous nous chauffions avec la taille des arbres du jardin mais on nous en confisquait une grande partie pour nourrir les voitures à gazogène, nous étions sous les couvertures, les pieds collés à la bouillotte et le drap remonté jusqu'au nez. Dans la cave, j'étais aux prises avec deux forces contraires: la détente musculaire que me procuraient

2 **projeter qn:** jdn. (weg)schleudern.
3 **une année-lumière:** Lichtjahr.
3 f. **vaguement:** irgendwie, auf irgendeine Art und Weise.
5 **chambrer le vin:** Wein auf Zimmertemperatur bringen.
5 f. **une obligation:** Zwang.
11 **s'engourdir:** klamm, steif werden.
11 f. **s'imprégner d'humidité:** durch und durch feucht werden (*une humidité:* Feuchtigkeit).
13 **ne … guère:** kaum.
14 **la taille:** hier: Schnittholz.
14 f. **confisquer qc:** etwas beschlagnahmen.
15 f. **la voiture à gazogène:** Auto mit Holzvergaser.
17 **collé, e:** hier: dicht angedrückt.
la bouillotte: Wärmflasche.
18 **être aux prises** (f., pl.) **avec qc:** einer Sache ausgesetzt sein.
19 **la détente musculaire:** Muskelentspannung.

les livres, la crispation déclenchée par le froid et l'humidité. Certaines nuits, mon esprit parvenait à oublier les contraintes climatiques, et je prolongeais la lecture jusqu'au petit matin. D'autres, le froid me saisissait avant que le romanesque ou la poésie n'ait pu m'enlever, et je devais abandonner la cache au bout d'une heure à peine, le corps transi. Impossible alors de me réchauffer sous les draps. L'humidité me possédait jusqu'à la moelle des os, et je me résignais à attendre le matin en tentant de retenir mes dents de claquer, pour ne pas tirer Claude de son bruyant sommeil.

Car j'avais convolé en justes noces, comme on dit. De justesse, je n'en ai pas vu dans cette histoire de mariage. De la pitié plutôt, *a posteriori*. Claude et moi nous étions mariés comme les jeunes gens le faisaient à notre époque, sans en avoir conscience. De retour d'Allemagne, j'enseignais à mi-temps au lycée de filles de la ville, tout juste de quoi payer à ma mère le montant de ma pension, seule Anne avait droit au vivre et au couvert à titre gracieux. Ma mère m'avait

1 **la crispation:** Verkrampfung, Verspannung.
déclencher qc: etwas auslösen, entfachen.
3 **la contrainte:** Zwang.
4 **au petit matin:** früh am Morgen.
5 **le romanesque:** Romanhandlung.
7 **transi, e:** (vor Kälte) erstarrt.
9 **la moelle:** (Knochen-)Mark.
13 **convoler en justes noces** (arch.): in den heiligen Stand der Ehe treten.
18 **à mi-temps:** in Teilzeit.
20 **le montant:** Geldbetrag.
la pension: Lebensunterhalt.
20f. **le vivre et le couvert à titre gracieux:** freie Kost und Logis.

trouvé des leçons particulières: je faisais réviser ses verbes forts et ses déclinaisons à Claude, qui poursuivait des études commerciales dans une école privée vaguement catholique, Saint-Pierre je crois, à moins que ce ne fût Notre-Dame-du-Bon-Secours. L'élève, timide, me souriait durant les cours, répondait à mes questions avec application, baissait le regard quand sa mère entrait dans le salon pour nous porter le thé. Claude m'intéressait peu. Nous avions sensiblement le même âge, nous aurions pu sortir le dimanche ensemble, aller au cinéma, mais j'aimais ma solitude et je n'avais besoin de personne pour meubler les fins de semaine. J'appréciais les billets que me remettait sa mère une fois le mois: en sortant, mes honoraires en poche, je traversais la rue et j'entrais dans la meilleure librairie de la ville. Je changeais l'argent en littérature. C'était magique.

Vers la fin de l'année, ma mère me dit radieuse que son amie était pleinement satisfaite de mes services. Je compris seulement ce que les mots disaient: j'enseignais l'allemand et mon élève progressait. Ma mère me posa des questions. Quels étaient ses goûts, la couleur de ses yeux? Je me montrai incapable de répondre. J'aurais pu dire que Claude connaissait sans faute la liste des verbes forts. J'avais remarqué sa difficulté

1 **la leçon particulière:** Nachhilfestunde.
2 **la déclinaison:** Deklination (der Substantive).
7 **avec application** (f.): eifrig, beflissen.
9 **sensiblement:** erkennbar.
12 **meubler qc:** hier: etwas füllen.
17 **magique:** zauberhaft.
18 **radieux, -euse:** glänzend, strahlend.
21 **progresser:** Fortschritte machen.

à prononcer, comme la plupart de nos compatriotes, le fameux ch, par trop proche du sch, détail qui ne manquait pas de m'agacer. Car pour moi, ce n'en était pas un: le délicat chuintement à nul autre pareil, que le pronom *Ich* portait à la perfection, participait à la magie de la langue allemande. J'avais tenté de rectifier mon élève. «Fermez les yeux, relevez les épaules, concentrez-vous et dites *Ich.*» Un *Isch* mou était sorti d'entre ses lèvres. J'avais battu en retraite. Je n'avais pas cherché à lui faire prononcer le mot *Eichhörnchen*, les écureuils attendraient avant d'être nommés correctement, ni à savoir quel genre de personne se cachait sous l'élève. Je m'intéressais aux livres que les cours particuliers me permettaient d'acquérir puis de dévorer. Il me semble à présent que Claude m'a fait la cour, à sa manière, discrète. Mais à l'époque, je n'ai rien vu, je ne voulais pas voir.

Ma mère invita la sienne à boire le thé. Claude était de la partie. Ma mère me glissa que je pourrais me montrer à mon avantage, sourire, paraître un rien romantique. J'obéis. Après le thé, ma mère m'annonça que cette jeune personne lui plaisait. Je mis un temps à comprendre que Claude était en train d'en-

1 **le/la compatriote:** Landsmann, Landsmännin.
3 **agacer qn:** jdn. ärgern, erzürnen, aufbringen.
4 **le chuintement:** Zischen.
à nul autre pareil: unvergleichlich.
6f. **rectifier qn:** jdn. berichtigen, korrigieren.
9 **battre en retraite:** sich geschlagen geben.
11 **un écureuil:** Eichhörnchen.
15 **dévorer qc:** etwas verschlingen.
19 **être de la partie:** mit von der Partie sein.
glisser qc à qn: jdm. etwas zuflüstern.
20 **un rien:** ein bisschen, eine Spur.

trer dans ma famille, à une place qui aurait dû éveiller mon intérêt, ou ma méfiance: à mes côtés dans l'arbre généalogique.

Je n'avais pas songé à me marier. Je n'avais rien contre une telle entreprise tant que l'hymen ne m'empêchait pas de lire des livres, et me permettait de conserver une certaine distance, car je n'avais nullement l'intention d'abdiquer de ma personne ni de mes passions au profit de la vie conjugale. Je ne me rappelle pas avoir abordé ce sujet avec Claude avant le mariage. Nous nous sommes unis un samedi d'été, rien de très original. Mairie, cathédrale, l'évêque en chemise de nuit à dentelles, le marié en queue de pie, la mariée en blanc avec une longue traîne, un vrai paquet-cadeau, banquet, valse, pièce montée. Le choix du voyage de noces à Zurich fut ma seule intervention dans le cérémonial, je savais que Thomas Mann y était réfugié, j'espérais le croiser à une terrasse de café.

2f. **un arbre généalogique:** Stammbaum.
4 **songer à faire qc:** erwägen, etwas zu tun.
5 **l'hymen** (m., iron.): Ehe.
8 **abdiquer de sa personne:** etwa: persönliche Interessen aufgeben.
9 **conjugal, e:** Ehe…, ehelich.
10 **aborder un sujet:** ein Thema ansprechen (*aborder qc:* an etwas herangehen).
12 **un évêque:** Bischof.
13 **à dentelles** (f., pl.): Spitzen…
un queue de pie: ‚Schwalbenschwanz', Frack.
14 **la traîne:** Schleppe.
14f. **un vrai paquet-cadeau:** etwa: das volle Programm.
15 **la pièce montée:** Baumkuchen.
16f. **une intervention:** Eingriff, Beteiligung.
17 **le cérémonial:** Zeremoniell, Ablauf einer Feierlichkeit.
18 **croiser qn:** jdn. treffen, jdm. begegnen.

Plusieurs mois après notre mariage, à la fin d'un repas dominical, mes beaux-parents me prirent à part. Je craignis que l'entretien durât: j'avais hâte de retourner à ma lecture. Je me rendis compte que j'étais l'objet, depuis plusieurs semaines, de nombreuses discussions familiales, dont ils se faisaient les rapporteurs. Mon beau-père me parla de la nuit de noces, des rapports. Je dis Quels rapports? J'avais accepté d'épouser sa progéniture mais je n'avais pas juré de m'y accoupler. Cette histoire pourra paraître incroyable. Je tente pourtant de restituer les faits au plus près. Je ne comprenais pas pourquoi, soudain, ma belle-famille attendait de moi une attitude obscène, alors que toutes les tractations en vue du mariage s'étaient accompagnées d'une immense pudeur, à coup d'euphémismes et de sous-entendus, autour d'une tasse de thé prise dans de la porcelaine fine. Nous avions mangé beaucoup de tartelettes aux noix, à l'époque. Sou-

2 **dominical, e:** sonntäglich.
prendre qn à part: jdn. beiseite nehmen.
3f. **avoir hâte** (f.) **de faire qc:** es kaum erwarten können, etwas zu tun.
6f. **le rapporteur:** Überbringer, Berichterstatter.
7 **la nuit de noces** (f.): Hochzeitsnacht.
9 **la progéniture:** Sprössling.
10 **s'accoupler à qn:** mit jdm. geschlechtlich verkehren.
11 **restituer qc:** etwas wiedergeben.
12f. **la belle-famille:** Schwiegerfamilie.
13 **obscène:** obszön, anstößig, unanständig.
14 **les tractations** (f.): Verhandlungen.
15 **la pudeur:** Scham, Schamhaftigkeit, Verschämtheit (dazu: *pudique*).
15f. **un euphémisme:** Euphemismus, beschönigender Ausdruck.
16 **le sous-entendu:** Andeutung.
17 **la porcelaine:** Porzellan.
18 **la tartelette aux noix** (f., pl.): Nusstörtchen.

dain, je me voyais reprocher, à mots couverts, de ne pas avoir cédé à la trivialité, me prêtant à une scène comme on en voyait sur certaines cartes coquines que les élèves de lycée s'échangeaient sous le manteau: la femme était à moitié allongée sur un canapé damassé, le jupon relevé. Elle présentait sa vulve à peine barbichue à l'appétit d'un homme debout devant elle, le pantalon en tire-bouchon sur les chevilles, les fesses offertes à l'appareil du photographe et le membre viril sans doute dressé en direction de sa proie alanguie, mais le spectateur ne pouvait que le supposer, car l'époque ne se permettait pas de montrer une verge érigée. J'avais refusé de me prêter aux mêmes jeux que ces personnages, copulation à la hussarde en conclusion d'un banquet bien arrosé. J'avais trop de respect pour Claude et son éducation bourgeoise

1 **à mots couverts** (m., pl.): andeutungsweise, durch die Blume.
2 **céder à qc:** einer Sache nachgeben.
la trivialité: Banalität.
3 **coquin, -ine:** anzüglich, frivol.
4 **sous le manteau** (fig.): unter der Hand, heimlich
5 **damassé, e:** mit Damaststoff bezogen.
6 **le jupon:** Unterrock.
la vulve: Vagina
6f. **barbichu, e:** behaart.
7f. **le pantalon en tire-bouchon:** mit heruntergelassenen Hosen.
8 **la cheville:** Fußknöchel.
9f. **le membre viril:** Penis, männliches Glied.
10 **dressé, e:** aufgerichtet, erigiert.
la proie: Beute.
alangui, e: (nach Liebe) schmachtend.
13 **se prêter à qc:** sich für etwas hergeben.
14 **la copulation:** Geschlechtsverkehr.
à la hussarde: grob, brutal.
15 **bien arrosé, e:** feuchtfröhlich, reichlich begossen.

pour l'offenser ainsi et souiller nos rapports, j'avais écouté les recommandations des curés qui avaient jalonné mon enfance, le péché de chair, le péché de chair, mes enfants; mais je comprenais que le monde attendait autre chose de moi, que je me sentais incapable de lui donner: du sexe, de la chair, et surtout des enfants. Je ne pourrais être là où l'on m'attendait. Je crois que je n'avais de désir que pour les livres, et la langue allemande.

Je préférais Claude en tenue. Sa nudité ne m'intéressait pas. Claude pouvait se coiffer, se parer des plumes du paon ou de l'autruche, porter un soin particulier à l'entretien de ses mains, je le remarquais à peine. J'aurais pu aimer son âme, son plaisir de lire, mais Claude ne lisait pas, alors nous parlions peu. Claude était là. Nous portions le même nom mais nous nous ressemblions guère. Claude avait fini ses études. Sa note d'allemand à l'examen avait été exécrable, mais les autres matières avaient suffi pour lui procurer le diplôme. Claude prit un poste de comptable dans une société de transport de bois. Nous habitions chez mes parents, au premier étage de la mai-

1 **offenser qn:** jdn. kränken.
souiller qc: etwas beschmutzen.
2 **la recommandation:** Empfehlung.
2f. **jalonner:** hier: prägen.
3 **le péché de chair:** Sünde der Fleischeslust, der Wollust.
10 **en tenue** (f.): in Kleidung.
11f. **se parer de qc:** sich mit etwas schmücken.
12 **le paon:** Pfau.
une autruche: (Vogel) Strauß.
13 **un entretien:** Pflege.
18f. **exécrable:** erbärmlich schlecht.
20f. **le/la comptable:** Buchhalter(in).

son, une grande chambre avec mon bureau attenant et une salle de bains pour lesquels nous payions un loyer. Il ne me serait pas venu à l'idée de déménager, j'y avais ma bibliothèque. Claude s'entendait bien avec mes parents, mieux que moi avec ma sœur Anne. La coexistence se passait au mieux, jamais un mot plus haut que l'autre. Je consacrais le temps qu'il fallait à mon entourage, le dîner tous les soirs à la table familiale, le dimanche chez mes beaux-parents. Je prenais congé dès les tasses à café reposées. Toujours de la plus grande politesse pour ne pas vexer, mais ferme, afin que personne n'osât me faire la moindre remontrance. Nul ne s'y risqua. J'étais la grosse tête de la famille, et je remplissais cet office à la perfection. Qui eût pu s'en plaindre? Mes parents avaient encouragé mes études, ils n'avaient pas insisté avec mes sœurs, elles étaient incapables d'apprendre. Ils avaient âprement négocié mes diplômes avec mes beaux-parents, des commerçants en quête de respectabilité qui compensaient ainsi la médiocrité du cur-

6f. **jamais un mot plus haut que l'autre:** nie auch nur der geringste Streit.
8 **un entourage:** Umgebung; hier: Familie.
10 **prendre congé:** sich verabschieden, sich zurückziehen.
11 **vexer qn:** jdn. verärgern.
12f. **faire des remontrances** (f.): Vorhaltungen machen.
13 **la grosse tête** (fam.): Intellektueller.
18 **âprement:** verbissen.
négocier qc: etwas aushandeln, verhandeln; hier: etwas geltend machen.
19 **en quête de:** auf der Suche nach.
19f. **la respectabilité:** Achtbarkeit, gesellschaftliche Anerkennung.
20 **compenser qc:** etwas ausgleichen.
la médiocrité: Mittelmäßigkeit.
20f. **le cursus scolaire:** Schulbildung.

sus scolaire de Claude, de sorte que ma belle-famille n'aurait pu crier à la supercherie. Ils pouvaient s'enorgueillir d'un casier dans la salle des professeurs du lycée de filles de la ville et du prestige dû à la fonction, cet établissement qui portait le nom d'une des grandes figures de la République des lettres, ils étaient comblés. C'est pourquoi mon beau-père n'insista pas quand je lui fis poliment comprendre que j'avais fait mon maximum en épousant Claude et que, pour le reste, il convenait de me laisser à la littérature.

Claude était le dernier enfant d'une famille de six. Ses frères et sœurs avaient fourni au père une descendance plus nombreuse qu'à n'importe lequel de ses contemporains: trente petits-enfants. Trente-deux peut-être, je ne les avais pas comptés. Mon beau-père nous laissa en paix, Claude et moi. Il ne reparla plus d'enfant. Dans une famille plus chrétienne, Claude aurait fini dans les ordres. J'étais son sacerdoce, en quelque sorte.

Le défaut de contact physique entre nous lui était-il naturel? Lors de notre nuit de noces, j'avais empoigné un livre au lieu de me dévêtir et me livrer au jeu

2 **crier à la supercherie:** sich wegen Übervorteilung beklagen.
2f. **s'enorgueillir de qc:** sich etwas zugute halten.
3 **le casier:** Fach.
7 **comblé, e:** überglücklich.
10 **il convient de …:** es ist angebracht …
12f. **la descendance:** Nachkommenschaft.
14 **le contemporain / la contemporaine:** Zeitgenosse, -in.
18 **finir dans les ordres** (m., pl.): im Kloster landen.
le sacerdoce: Priesteramt.
21f. **empoigner qc:** etwas packen, ergreifen.

de la chair. Claude n'avait fait aucune remarque, avait passé un long moment dans la salle de bains et trouvé le sommeil avant que j'aie fini mon chapitre. Les soirs suivants, Claude faisait sa toilette le plus normalement du monde, sans montrer la moindre frustration. Nous étions mari et femme, et ce seul fait semblait lui suffire. Je l'ai espéré, car j'étais incapable de toucher son corps ni de me laisser approcher. L'idée même me terrifiait, et je savais gré à Claude de ne pas m'imposer cette épreuve. Je ne pourrais pas dire que son corps me dégoûtait, il n'éveillait rien en moi, ni désir, ni répulsion. Ma gourmandise était ailleurs. Mais la sienne?

Sans abuser de la salle de bains, Claude sacrifiait chaque soir à un rituel. Quoi qu'il arrivât, quelque tardive que pût être l'heure du coucher, même à Noël, Claude lavait ses sous-vêtements dans le lavabo. Quelle était cette habitude que l'on ne m'avait pas inculquée? Je n'avais vu personne, ni ma mère, ni me sœurs, *a fortiori* aucun homme pratiquer ainsi. Nous laissions ma mère se charger du linge. Je me suis dit que cette petite cérémonie lui était propre, une manière personnelle de considérer son intimité autant

9 **terrifier qn:** jdn. erschrecken, in Schrecken versetzen.
savoir gré à qn: jdm. dankbar sein.
10 **une épreuve:** Prüfung, schwere Aufgabe.
12 **la répulsion:** Abscheu, Widerwille.
la gourmandise: Gelüste.
14 **sacrifier à qc:** sich einer Sache hingeben.
15 f. **tardif, -ive:** spät.
18 f. **inculquer qc à qn:** jdm. etwas eintrichtern, einbläuen.
20 **a fortiori** (lat.): erst recht.

que les souillures sécrétées par son corps et de les effacer pour laisser au lendemain sa part de fraîcheur. Ma belle-mère employait une lingère. Le naturel pudique de Claude lui aura dicté, à l'adolescence, de se protéger des indiscrétions d'une bonne. Nous n'avons jamais parlé de ce rituel, je ne lui ai pas demandé d'où il lui venait, nous ne parlions pas. J'avais ma vie, Claude la sienne, nos existences se croisaient en fin de journée, nous passions nos soirées l'un à côté de l'autre, sans grand intérêt l'un pour l'autre. Nous étions mariés. Nous nous étions juré fidélité et assistance, mais qui avait parlé d'amour, et qui d'exploration mutuelle, d'enrichissement de l'un par l'autre? Claude avait une vie intérieure, sans doute, qui n'en a pas? mais je n'ai pas pris la peine de partir à sa découverte, je préférais goûter la rapide décomposition de Gregor Samsa, assister à la lente agonie de Hans Castorp au pied de sa montagne magique ou terminer avec Mrs C… vingt-quatre heures de sa vie de femme.

1 **la souillure:** Schmutz, Dreck.
sécréter qc: etwas ausscheiden, absondern.
3 **la lingère:** Wäscherin.
4 **l'adolescence** (f.): Jugendalter.
5 **une indiscrétion:** Neugierde.
11 **la fidélité:** Treue.
12 **une exploration:** Erforschung (zu *explorer*).
13 **mutuel, le:** gegenseitig.
un enrichissement: Bereicherung.
16 **la décomposition:** Verwesung.
16f. **Gregor Samsa:** Hauptfigur im Roman *Die Verwandlung* (1915) von Franz Kafka.
17 **Hans Castorp:** Hauptfigur in Th. Manns *Der Zauberberg.*
19 **Mrs C…:** Mrs. C. ist die Hauptfigur in Stefan Zweigs Erzählung *Vierundzwanzig Stunden aus dem Leben einer Frau* (1927).

Est-ce que Claude faisait l'amour? J'aborde ce sujet aujourd'hui, à l'époque, je n'y pensais pas. La cérémonie de la purification des sous-vêtements remplaçait-elle le contact physique avec un corps désiré? J'ignore si Claude prenait du plaisir en mon absence, en solitaire, pour s'accorder l'excitation que je ne lui offrais pas. Ses doigts effleuraient-ils son corps pour simuler les mains de l'autre, mes mains? J'ai l'air d'avoir consacré mon existence à l'ascèse de la lecture, mais je me suis accordé ma ration de jouissance. La nuit, parfois, en remontant de la cave, durant la guerre, notamment quand le froid m'avait fait abandonner un livre, je libérais un désir trop violent, une envie irrépressible de je ne sais quoi de sensuel par quelques gestes sous des draps rêches que ma mère avait dû récupérer d'un couvent, l'une de ses tantes avait été supérieure d'un ordre mineur. Claude ronflait à côté, et je plongeais en pensées dans *La Mort à Venise*, je songeais à la silhouette de l'adolescent que

6 **une excitation:** Erregung, Anspannung.
7 **effleurer qc:** etwas leicht berühren.
8 **simuler qc:** etwas nachahmen.
9 **une ascèse:** Askese, Enthaltsamkeit.
10 **la jouissance:** sexuelle Lust, Genuss.
13 **libérer:** hier: befriedigen.
14 **irrépressible:** unbändig.
sensuel, le: sinnlich.
15 **rêche:** rau (Stoff).
16 **récupérer qc:** etwas auftreiben.
le couvent: (Nonnen-)Kloster.
17 **la supérieure:** Mutter Oberin.
un ordre mineur: Franziskanerorden (*le frère mineur:* Franziskanermönch).
17 f. **ronfler:** schnarchen (dazu: *le ronflement*).

Gustav von Aschenbach avait pistée par les ruelles de la Sérénissime, j'imaginais le garçon, ses yeux en amandes, la chair blonde de ses bras, ses cuisses imberbes, puissantes dans une culotte de peau. Était-ce le jeune Tadzio ou le souvenir de celui qui m'avait fait lecture du texte de Thomas Mann, jadis, au troisième étage d'une résidence estudiantine de la République de Weimar? Je façonnais dans un demi-sommeil les traits d'un héros neuf, mi Hans-Joachim mi autre, comme la statue d'un des bâtiments publics que l'on avait construits peu avant la guerre, le palais de justice, les bains-douches municipaux, le menton volontaire, l'œil déterminé, le pectoral saillant. Souvent pourtant, le souvenir obsédant des jouissances de ma sœur, le

1 **pister qn:** jdn. verfolgen.
la ruelle: Gässchen.
2 **la Sérénissime** (ital. *la Serenissima*): wörtl.: die Allerdurchlauchtigste; diesen Namen geben die Venezianer ihrer Stadt, wenn sie deren Glanz und Schönheit preisen möchten.
2f. **en amandes** (f., pl.): mandelförmig (Augen).
3f. **imberbe:** (noch) bartlos, unbehaart.
4 **puissant, e:** kräftig.
la peau: hier: Leder.
5 **Tadzio:** Hauptfigur in Thomas Manns *Der Tod in Venedig*.
5f. **faire lecture de qc:** etwas vorlesen.
7 **estudiantin, -ine:** Studenten…
7f. **la République de Weimar:** die Weimarer Republik (1918–33).
8 **façonner qc:** etwas formen.
9 **le héros / l'héroïne:** Held(in).
11 **le palais de justice:** Gerichtsgebäude.
12 **les bains-douches municipaux** (pl.): öffentliches städtisches Bad.
volontaire: hier: stark ausgeprägt (Kinn).
13 **déterminé, e:** entschlossen.
le pectoral: Brustpartie.
saillant, e: vorspringend, hervorstehend.
14 **obsédant, e:** quälend.

tremblement du lustre du salon que j'avais dû supporter le jour même m'empêchaient un temps d'atteindre le plaisir, s'opposant à la grâce de cette créature fuyante qui traversait mon ciel de lit, ce personnage de Thomas Mann mêlé à l'ami d'adolescence. Les phrases de *La Mort à Venise*, la voix juvénile de Hans-Joachim finissaient par triompher et me procuraient la délivrance, «… *de voir cette forme vivante, à la fois gracieuse et rude dans sa prévirilité, se détacher sur l'horizon du ciel et de la mer, surgir telle une figure divine et s'échapper …*».

2 f. **atteindre le plaisir:** zum sexuellen Höhepunkt kommen.
4 **fuyant, e:** flüchtig, nicht greifbar.
6 **juvénile:** jugendlich.
8 **la délivrance:** hier: Orgasmus.
9 **la prévirilité:** aufkeimende, erwachende Männlichkeit (la *virilité:* Männlichkeit).
9 f. **se détacher sur qc:** sich gegen etwas abzeichnen, von etwas abheben.
10 **surgir:** auftauchen.
11 **divin, -ine:** göttlich, himmlisch.

3

L'Occupation et son cortège d'engagements n'avaient pas tardé à me rattraper. Au début, j'avais été comme de nombreux compatriotes. J'avais regardé bouche bée les troupes allemandes défiler au pas de l'oie dans l'artère principale de la ville, leur marche conquérante cognait le sol de la patrie. Je n'avais pas aimé leur air arrogant, comme plus tard je n'aimerais pas la virilité épanouie sans complexes de Volker, dont j'imaginais le sexe énorme et puissant, démesuré en regard de la réalité, mais comment donner autant de plaisir à ma sœur Anne si ce n'était avec un membre aux mensurations et à l'ardeur exceptionnelles? Je n'avais pas non plus apprécié la facilité avec laquelle la France s'était glissée dans la soumission à l'ennemi hérédi-

2 **le cortège:** Tross, Vielzahl.
3 **rattraper qn:** jdn. wieder einholen.
4f. **bouche bée:** mit vor Staunen offenem Mund.
5 **défiler:** vorbeimarschieren (dazu: *le défilé*).
au pas de l'oie (f.): im Parade-, Stechschritt.
6 **une artère principale:** hier: Hauptverkehrsader.
7 **cogner qc:** auf etwas stampfen.
9 **épanoui, e:** voll entwickelt; hier: hemmungslos (*s'épanouir:* sich entfalten).
10 **démesuré, e:** maßlos.
en regard de: im Verhältnis zu.
12f. **la mensuration:** Maß.
13 **une ardeur:** Leidenschaft, Glut.
15 **la soumission:** Unterwerfung.
15f. **héréditaire:** Erb…

taire. Le quotidien local avait excellé en la matière. À le lire, le 13 juin 1940, l'armée française semblait triompher du côté des Ardennes. Le 17, on apprenait que l'Armistice avait été signé à Rethondes et trois jours plus tard, le journal manifestait une grande considération pour l'ennemi de la veille, avait-il le choix? Qu'avais-je fait moi-même pour m'opposer à l'occupant? Durant la drôle de guerre, l'État-major militaire avait fait appel à mes qualités de germaniste pour traduire les informations diffusées par la presse nazie. Un jeune soldat au visage poupin m'apportait une liasse de documents en fin d'après-midi, à mon retour du lycée, la coupe militaire, la chemise ajustée, des yeux bleus pénétrants, les muscles à fleur de peau.

3 **les Ardennes** (f., pl.): Ardennen (westliche Fortsetzung des Rheinischen Schiefergebirges durch Belgien und Luxemburg bis nach Nordfrankreich).
4 **un armistice** (m.): Waffenstillstand; gemeint ist der Waffenstillstand von Rethondes in der Nähe von Compiègne am 22. Juni 1940.
6 **la considération:** Achtung, Respekt.
8 **la drôle de guerre:** wörtl.: seltsamer Krieg; Bezeichnung für den nur kurze Zeit dauernden und wegen der drückenden Überlegenheit der deutschen Besatzungsarmee schnell beendeten Überrumpelungskrieg zwischen Deutschland und Frankreich (10. Mai – 22. Juni 1940).
un État-major: Generalstab.
9 **faire appel à qc:** etwas in Anspruch nehmen, auf etwas zurückgreifen.
le/la germaniste: Germanist(in).
10 **diffuser qc:** etwas verbreiten.
11 **nazi, e:** Nazi…, der Nationalsozialisten.
poupin, -ine: pausbackig.
12 **la liasse:** Stapel.
13 **la coupe:** hier: Haarschnitt.
ajusté, e: eng anliegend.
14 **pénétrant, e:** durchdringend, stechend (Blick).
à fleur de peau: hier: klar definiert (Muskeln).

Je lisais les papiers et traduisais uniquement les passages qui me semblaient importants. Le soldat patientait, assis sur une chaise devant la porte de mon bureau. Il chantonnait des nocturnes de Chopin d'une voix grave et chaude. Il m'avait demandé avec un fort accent étranger si ses chansons me dérangeaient. Je lui avais dit Au contraire, j'aime ces airs. Je voulais ajouter Et votre voix. Le jeune homme berçait ma lecture, des colonnes de paroles fielleuses sur les ennemis du peuple allemand toujours les mêmes, les Anglais, les Français, les Juifs. J'ai eu droit à de nombreuses horreurs, de la haine à longueur de pages, un appel au meurtre quasi constant. Les Juifs en prenaient particulièrement pour leur grade. Les nazis voulaient les séparer de la nation allemande, comme une tumeur que l'on extirpe. Les discours que je devais traduire étaient piquetés d'allusions obscènes. On eût dit que les pauvres Allemandes risquaient le viol à tout instant dans les rues de Munich et de Weimar, le Juif rôdait en permanence dans l'esprit natio-

2f. **patienter:** sich gedulden.
4 **chantonner:** trällern.
le nocturne: für Frédéric Chopin (1810–49) typische Kompositionsform für Klavier.
8 **bercer:** (in den Armen) wiegen; hier: mit Musik erfüllen, einlullen.
9 **la colonne:** hier: Zeitungsspalte.
fielleux, -euse: giftig, bitterböse.
13f. **en prendre pour son grade** (fam.): gehörig eins auf den Deckel bekommen.
16 **la tumeur:** Tumor, Geschwulst.
extirper qc: etwas herausschneiden.
17 **piqueté, e de qc:** mit etwas gespickt.
une allusion: Anspielung.
20 **rôder:** herumstreichen, sich herumtreiben.

nal-socialiste, et il semblait avoir un but unique: détrousser Gretchen. Les synagogues étaient des hôtels borgnes, des maisons closes où les jeunes filles allemandes risquaient de se voir séquestrées. La morale nazie avait interdit les mariages entre Ariens et Juifs, et prohibé toute relation sexuelle. Avait-on posté un policier sous chaque lit pour vérifier que la loi n'était pas enfreinte? Si Claude avait été israélite, si nous avions vécu en Allemagne, aurait-il fallu montrer des preuves de virginité pour ne pas risquer l'incarcération? Nous n'aurions eu aucune difficulté à le faire.

Je n'aime pas le mot arien, je ne l'ai jamais aimé. Il ne veut rien dire, un mot qui ne sert à rien qu'à déranger. Mais comment dire?

Quand j'avais terminé mes pages d'écriture, il m'arrivait de ne pas me relever tout de suite. Je restais, le stylo suspendu entre les doigts, le regard perdu dans les fleurs de la tapisserie, l'âme tendue vers ce mur-

1f. **détrousser qn:** jdm. ans Leder gehen, sich an jdm. vergreifen.
2 **Gretchen:** hier (iron.): Sammelbegriff für das tugendhafte deutsche Mädchen.
3 **borgne:** hier: verrufen.
la maison close (fig.): Bordell (*clos, e.* geschlossen).
4 **séquestrer qn:** jdn. einsperren, gefangenhalten.
5 **un Arien / une Arienne:** Arier(in), Angehörige(r) der nordischen Rasse; später willkürliche und falsche Einengung des Begriffs durch die Nazis auf »Nichtjuden«.
6 **prohiber qc:** etwas verbieten.
8 **enfreindre une loi:** ein Gesetz brechen.
10 **la virginité:** Jungfräulichkeit.
10f. **une incarcération:** Inhaftierung, Einkerkerung.
17 **suspendu, e:** hängend.
18 **la tapisserie:** Tapete.

mure qui montait du garçon. Je me laissais envahir. Au bout d'un temps, mon corps somnambule s'orientait vers le jeune homme. Je posais ma plume, je me levais, j'ouvrais la porte, il se dressait aussitôt, au garde-à-vous. En lui tendant le paquet de journaux et mes traductions, j'ai eu plusieurs fois l'envie d'ouvrir sa chemise impeccablement repassée, mais j'ai toujours retenu ce désir. C'était interdit.

Vint l'Armistice. Je compris que le jeune soldat ne viendrait plus, je ne connaissais même pas son prénom, j'ai gardé le souvenir de son visage juvénile, ses tétons pointant les jours de grand froid sous sa chemise de troupe (ou alors éveillais-je quelque désir en lui?) et sa voix de basse distillant rondes et croches. Je continuais d'enseigner au lycée, j'avais cessé les leçons particulières depuis mon mariage, je m'habituais à l'Occupation, à la zone nono (elle ne le resterait pas longtemps), aux tickets de rationnement. Claude et moi avions droit à 250 grammes de pain par jour, 200 grammes de viande par semaine (encore que nous

1 **se laisser envahir:** sich überwältigen lassen.
2 **somnambule:** schlafwandlerisch.
2f. **s'orienter vers qn:** sich jdm. zuwenden, auf jdn. zugehen.
4f. **au garde-à-vous:** in Hab-Acht-Stellung.
12 **le téton:** Brustwarze.
pointer: hervorstehen.
14 **distiller:** hier: hervorbringen.
la ronde: ganze Note.
la croche: Viertelnote.
17 **la zone nono** (fam.): unbesetzte Zone.
18 **le ticket de rationnement:** rationierte Lebensmittelmarke. (*le rationnement:* Rationierung).

n'étions pas tous les deux logés à la même enseigne: les hommes avaient droit à plus que les femmes), aux attaques aériennes, aux nuits dans les caves-refuges. Dans le quartier, toutes les maisons disposaient d'une cave, de sorte que nous n'étions pas contraints d'accueillir des voisins dans la nôtre. Nous étions quatre, ma mère, ma sœur, Claude et moi, la cave à vin suffisait, mon cabinet de lecture était épargné.

Je regardais l'occupant défiler, en uniforme, croix gammée en oriflamme, je passais souvent devant le *Soldatenkino*, je fuyais la maison à l'approche de Volker, je ne m'imaginais pas faire quoi que ce fût contre cet occupant plutôt envahissant. La résistance s'organisait mais elle ne me concernait pas: je n'étais ni israélite, ni communiste. Quant à mon patriotisme, il était comme celui de tant d'autres: mou. Je détestais Volker, le bruit de ses talons sur les marches de l'escalier en noyer qui avait connu mes ancêtres depuis quatre générations, j'aurais pu le tuer un jour qu'il venait se déverser dans ma sœur, et l'enterrer à la cave sous ma bibliothèque clandestine, personne n'en aurait rien su, j'aurais seulement eu les ongles un peu noirs

1 **être logé, e à la même enseigne:** sich in der gleichen Lage befinden, gleichgestellt sein.
3 **aérien, -ienne:** Luft…
la cave-refuge: Luftschutzkeller.
8 **être épargné, e:** verschont werden, bleiben.
9f. **la croix gammée en oriflamme** (f.): Hakenkreuzbanner.
13 **envahissant, e:** vereinnahmend, aufdringlich.
17 **le talon:** (Stiefel-)Absatz.
18 **le noyer:** Nussbaumholz.
les ancêtres (m.): Vorfahren.
20 **se déverser:** hier: sein Sperma vergießen.

en remontant mais je les aurais brossés avant de passer à table, ou alors ma sœur aurait été inquiétée, elle aurait fini à Ravensbrück ou dans un bordel pour soldats sur le front russe, elle aurait passé ses journées sur un grabat les cuisses écartées et la jeunesse allemande lui serait montée dessus pas plus de deux minutes par soldat sinon on va y passer la journée y compris Hans-Joachim, celui de mon adolescence, il devait être au front quelque part. Je ne songeais pas que je pouvais contribuer de la sorte à la lutte contre l'occupant, mais si tous les jeunes gens de ma génération avaient fait la peau en douce à l'Allemand qui venait faire l'amour à leur sœur, si toutes les jeunes filles de bonne famille s'étaient saisies d'un couteau de cuisine pour trancher la carotide de tous les Volker à la nuque bien rasée, nous aurions été débarrassés de l'armée du Reich en deux temps trois mouvements.

Je me laissais enterrer par la vie quotidienne. Les boutiques changeaient de propriétaire. La mercerie Bloch, la bijouterie «À l'émeraude» tenue par la vieille mademoiselle Dreyfus avaient été reprises par des concurrents fous de la messe nationale, on ne savait

3 **Ravensbrück:** 1939–45 Konzentrationslager in Brandenburg; seit 1959 Gedenkstätte.
5 **le grabat:** schlechtes Bett.
écarté, e: gespreizt (Beine).
12 **faire la peau en douce à qn** (fam.): jdm. sachte den Hals umdrehen.
15 **trancher qc:** etwas durchschneiden.
la carotide: Halsschlagader.
17 **en deux temps trois mouvements** (fam.): im Nu, im Handumdrehen.
19 **la mercerie:** Kurzwarengeschäft.
20 **la bijouterie:** Juweliergeschäft, Schmuckgeschäft.
une émeraude: Smaragd.
22 **la messe nationale:** hier: nationaler Taumel.

pas ce qu'étaient devenus les anciens propriétaires, volatilisés, les mauvaises herbes envahissaient les jardins de leurs maisons volets clos, se terraient-ils derrière? Avaient-ils trouvé refuge chez des amis, ailleurs, gagné la Suisse où, comme la presse se plaisait à le dire, ils vivaient des sommes qu'ils y avaient accumulées sur le dos des bons Français? Qui croire? De temps à autre, les Allemands venaient cueillir des élèves à la sortie du lycée. J'avais plus d'une fois assisté à l'une de ces scènes, car les fenêtres de ma classe donnaient sur l'entrée du lycée de garçons. Dutilleul, Marcellin, Garabédian, Proust, j'ignorais qu'ils étaient résistants, mais ils avaient été embarqués et n'étaient pas revenus. J'avais fait semblant de ne rien remarquer, malgré les coups de pistolet, et le petit Lachman, je l'avais connu haut comme trois pommes, il s'était mis à courir, on l'avait abattu en pleine rue. Quand le coup a claqué, quand Lachman s'est effondré, mes élèves avaient le nez dans leur cahier. Je lisais à haute voix.

Der du von dem Himmel bist,
Alles Leid und Schmerzen stillest,
Den, der doppelt elend ist,
Doppelt mit Erquickung füllest …

1 f. **se volatiliser:** sich in Luft auflösen, verschwinden.
2 **les mauvaises herbes** (f., pl.): Unkraut.
3 **se terrer:** sich verschanzen.
6 **accumuler qc:** etwas horten, anhäufen.
13 **embarquer qn:** jdn. mitnehmen.
16 **haut comme trois pommes** (fam.): als Dreikäsehoch.
18 **s'effondrer:** zusammenbrechen.
20 **«Der du von dem Himmel bist …»:** Anfangszeilen aus Goethes »Wandrers Nachtlied«.

Qu'elle était belle, la langue de Goethe et de Goebbels. Les parents de Lachman habitaient une maison non loin de la nôtre, nous ne sommes pas allés les voir suite au drame, pour ma sœur il n'en était pas question, elle devait tenir son rang de dignitaire, mais ma mère et moi? Je crois que nous avions peur, que leur malheur nous retombe dessus, que l'on nous voie aller présenter nos condoléances aux parents d'un résistant, tout simplement. Et juif de surcroît.

Quand certains auteurs ont été mis à l'index, je n'ai pas aimé. Des camarades d'enfance sont entrés dans la clandestinité, des garçons, à cause du STO. Des filles, par amour pour leur fiancé ou leur patrie, se sont mises à parcourir les campagnes françaises, le cadre de leur bicyclette bourré de messages codés pour la Résistance. Moi, je ne pouvais pas me passer de Thomas Mann, c'était mon seuil de tolérance à l'occupant. J'ai organisé mon petit trafic sous-terrain, mercenaire sans fusil.

1 f. **Goebbels:** Josef G. (1897–1945), Hitlers Propagandaminister.
5 **le dignitaire:** Würdenträger.
8 **les condoléances** (f., pl.): Beileidsbekundung.
9 **de surcroît:** obendrein.
12 **la clandestinité:** hier: Untergrund.
le STO: Abk. für *Service de Travail Obligatoire:* Zwangsarbeitsdienst für Franzosen in Deutschland.
14 **le cadre:** (Fahrrad-)Rahmen.
15 **bourré, e de qc:** mit etwas vollgestopft.
codé, e: verschlüsselt.
17 **le seuil de tolérance:** Toleranzschwelle.
18 **le trafic:** Schmuggel, Schwarzhandel.
18 f. **le mercenaire:** Söldner; hier: Widerständler.

C'était un matin. L'occupant nous occupait depuis déjà pas mal de temps. Je donnais un cours à des élèves de seconde sur l'utilisation du génitif après la préposition *während*. On frappa à la porte de la classe. Le proviseur entra, Muller, un Alsacien de l'Exode qui avait remplacé Valabrègue, révoqué par Vichy. Le proviseur était suivi de près par deux Allemands en uniforme de la Gestapo. Le plus grand, blond, les joues rouges et la mâchoire agressive, s'adressa à moi en allemand pour m'ordonner de les suivre. J'ai dit Mesdemoiselles, je vous prie de m'excuser. J'ai rangé mes notes dans ma serviette, j'ai enfilé mon manteau prince-de-galles à col de lapin et j'ai suivi les deux hommes sous le regard vaguement désolé du proviseur.

La Gestapo occupait l'une des plus belles constructions de la ville, qui avait été le siège d'une banque régionale, l'hôtel des Barres. Depuis le début de l'Occupation, les trottoirs autour du bâtiment, jadis très fréquentés car ils menaient d'unerue commerçante à une autre, étaient devenus déserts, comme si les passants avaient craint de trop s'approcher de l'inquiétante adresse du 10, place du Maréchal-Pétain, devenue après-guerre la chambre de commerce, au 10, place du Général-de-Gaulle. On faisait un détour pour ne pas longer les murs de la Gestapo et risquer

5 **le proviseur:** Schulleiter (des Gymnasiums).
l'Exode (m.): hier: Vertreibung der Elsässer ins Landesinnere.
6 **révoquer qn:** jdn. (aus einer Stellung, einem Amt) abberufen.
9 **la mâchoire:** Kiefer.
13 **prince-de-galles:** mit Glencheckmuster.
23 **la chambre de commerce:** Handelskammer.
25 **longer qc:** an etwas entlanggehen.

d'apercevoir par l'une des fenêtres, d'un coup d'œil commandé par une irrésistible curiosité, une scène dont on n'aurait pas dû être témoin. On savait que les coffres de la banque, au sous-sol, avaient été transformés en cellules où il ne faisait pas bon séjourner. Pour évoquer le lieu, on parlait des Barres: le petit Bergeron a été emmené aux Barres. Les personnes convoquées pénétraient dans le bâtiment par la grande porte, elles en ressortaient souvent par celle de derrière, dans un camion bâché destination inconnue.

J'ignorais le motif de cette convocation, mais j'eus très peur de ne jamais ressortir par-devant. Je n'étais pas de race juive, je n'avais jamais eu aucun contact avec la Résistance (ma réserve à l'égard des parents Lachman n'avait pas été ma seule précaution), j'avais respecté scrupuleusement le couvre-feu, et qui pouvait connaître l'existence de ma bibliothèque clandestine? En chemin, j'aurais pu me mettre à courir comme Lachman pour fausser compagnie à mon escorte. J'avais une mince chance de ne pas tomber sous les balles de leurs mitraillettes, mais pourquoi l'aurais-je fait? J'étais coupable de presque rien.

2 **irrésistible:** unwiderstehlich.
4 **le coffre:** Safe, Tresor, Panzerschrank.
5 **la cellule:** Zelle.
séjourner: sich aufhalten.
7 f. **convoquer qn:** jdn. einbestellen, vorladen.
10 **bâché, e:** mit einer Plane versehen.
la destination: Zielort, Bestimmungsort.
11 **la convocation:** Vorladung.
16 **scrupuleusement:** peinlich genau.
19 **fausser compagnie à qn:** jdm. entkommen.
21 **la mitraillette:** Maschinenpistole.

Les quelques centaines de mètres qui séparaient ma classe des bureaux de la Gestapo furent interminables. Je marchais entre trois Allemands en uniforme, j'évitais les regards des passants, craignant de rencontrer un visage familier, tout le monde ou presque me connaissait dans la ville. Il faudrait à peine quelques heures avant que la rumeur publique me classe parmi les victimes de cette sale guerre, et ses personnages héroïques aussi. Je figurais tout à coup au nombre des têtes brûlées, arrêtées pour s'être élevées contre les Boches. J'avais très peur de ce qui m'attendait à la Gestapo, mais je ressentais une certaine fierté en m'emparant de cette identité qui m'était tombée dessus, ma personne suscitait des regards d'effroi et d'admiration. J'imaginais les justifications que j'aurais à donner pour arguer d'une conduite irréprochable, mais allais-je devoir prouver ma docilité? N'avoir rien dit ni fait contre l'occupant, avoir laissé le vélo au garage et les autres partir pour le maquis était une chose, s'en glorifier face à l'ennemi pour sauver sa peau en était une autre. «Je n'ai pas

2f. **interminable:** endlos.
7 **la rumeur:** Gerücht.
10 **la tête brûlée** (fam.): Hitzkopf.
13 **s'emparer de qc:** sich einer Sache bemächtigen, sich etwas aneignen.
14 **susciter qc:** etwas hervorrufen.
15 **un effroi:** Schrecken, Entsetzen.
15f. **la justification:** Rechtfertigung.
16 **arguer de qc:** etwas beweisen.
17 **irréprochable:** tadellos, einwandfrei.
18 **la docilité:** Gefügigkeit, Willigkeit.
20 **le maquis:** Zelle des Widerstands gegen die deutschen Besatzer, oft in unwegsamem Gelände (z. B. Cévennes, Haute-Savoie).
se glorifier de qc: sich einer Sache rühmen.

bougé, monsieur le chef de la Gestapo, j'ai laissé sans sourciller votre armée occuper le moindre centimètre carré de notre pays, je vous le jure.» En serais-je capable?

Nous avons passé la grille du bâtiment, j'ai monté l'escalier monumental qui menait au premier étage. Je me souvenais l'avoir grimpé en compagnie de mon père et mes sœurs le jour où nous étions venus retirer le capital que ma grand-mère avait laissé à son décès, une somme rondelette. C'était du temps de la banque. On me fit asseoir sur une chaise devant la porte à double battant du bureau directorial, une magnifique menuiserie aux moulures dorées qui remontaient à Louis XIV. J'attendis une éternité. On ne songea pas à me faire déjeuner. Alors que le soir venait, c'était l'hiver, la nuit tombait tôt, mais j'avais quand même attendu l'après-midi entier (ou entière, les deux sont dans le dictionnaire), on me fit entrer dans le bureau. J'avais affaire au commandant local de la Gestapo, un homme courtois et décidé. Mes aptitudes professionnelles me rattrapaient. J'avais l'ordre de me mettre à la disposition de l'occupant pour divers travaux de

1 f. **sans sourciller:** ohne mit der Wimper zu zucken.
8 **retirer (de l'argent):** (Geld) abheben.
9 **le décès:** Tod, Ableben.
10 **rondelet, te:** rundlich; hier: erklecklich, ansehnlich.
12 **le battant:** Türflügel.
13 **la menuiserie:** Tischlerarbeit.
la moulure: Zierleiste.
remonter à qc: in etwas (eine Zeit) zurückgehen.
20 **courtois, e:** mit guten Manieren, höflich.
une aptitude: Fähigkeit.

traduction et d'interprétariat, peu de chose, à peine quelques heures par semaine. Une minuscule collaboration, en somme, rien à voir avec mon beau-frère LVF. Pourquoi faire appel à mes services si tard, alors que les Alliés avaient déjà débarqué en Afrique du Nord? Avais-je le choix de refuser? Je n'ai pas osé poser la question, il serait temps d'en décider de retour à la maison.

Le commandant m'a parlé en allemand. J'avais un peu envie de lui répondre en français, pour me persuader et lui signifier que je n'oubliais pas mon pays, mais je n'ai pas osé. Pudeur, timidité, peur? J'ai craint de repartir par la porte arrière, au fond d'un camion bâché. Ce fut un réflexe aussi, répondre en allemand, comme une seconde nature, j'aimais tant parler cette langue. Comme le fumeur recherche la sensation de la fumée labourant son larynx, j'aimais sentir ses sons passer dans ma gorge comme une horde de chevaux sauvages, surtout ceux qui n'existent pas en français, *Ich habe das nie getan*, *ich möchte doch etwas machen*, que je savais prononcer à la perfection.

1 **un interprétariat:** Dolmetschertätigkeit.
2 **minuscule:** winzig.
2f. **la collaboration:** hier: Zusammenarbeit mit dem Feind.
5 **les Alliés** (m.): die Alliierten (im Zweiten Weltkrieg gegen Hitler-Deutschland verbündete Staaten: Frankreich, Großbritannien, die USA und die Sowjetunion).
débarquer: an Land gehen.
10f. **persuader qn:** jdn. überzeugen.
12 **la timidité:** Schüchternheit.
17 **labourer:** durchpflügen; hier: stark beanspruchen.
le larynx: Kehlkopf.
18 **la horde:** Horde, Gruppe.

Ainsi, j'ai franchi la grille dans l'autre sens, sans un regard pour les passants. Quelques heures plus tard, la rumeur dirait que je faisais partie des rares qui avaient pu sortir indemnes d'une convocation. On se demanderait comment j'avais pu passer entre les mailles du filet. On ferait un parallèle avec les rafles de résistants qui interviendraient le lendemain à l'aube ou avec l'arrestation d'une de mes collègues du lycée, et on se dirait que j'avais dû lâcher quelques noms de-ci de-là sinon comment sortir des Barres par la grande porte?

Pour faire taire la rumeur, je dus distiller quelques bribes de vérité que j'aurais préféré garder pour moi, car je n'avais pas refusé mes services au commandant de la Gestapo, ni lors de ma convocation, ni un autre jour. Je dis que je n'avais pas eu le choix, c'était ça ou le camion bâché, voire: le commandant avait menacé de cravater ma mère et ma sœur, malgré son statut de veuve de, et de les envoyer on ne sait où, dans un bordel pour légionnaires vichystes à Sidi Bel Abbès, ou ailleurs puisque les Alliés avaient repris l'Algérie.

4 **indemne:** unbeschadet, schadlos.
6 **la maille:** (Netz-)Masche.
la rafle: Razzia.
7 **le résistant:** Widerstandskämpfer.
8 **l'aube** (f.): Morgendämmerung, Morgengrauen.
9 **lâcher qc:** etwas fallen lassen.
12 **distiller qc:** hier: durchsickern lassen.
13 **la bribe:** Brocken.
17 **voire:** ja sogar.
18 **cravater qn** (fam.): jdn. verhaften.
20 **vichyste:** dem Vichy-Regime nahestehend.
Sidi Bel Abbès: Stadt in Algerien.

C'était faux, le commandant n'avait brandi aucune menace. Il m'avait parlé avec prévenance. J'avais senti de sa part une certaine considération à mon égard. Il n'en avait rien dit, mais il avait semblé admiratif de ma maîtrise de sa langue. Les égards s'étaient arrêtés là.

Je n'avais pas droit, comme du temps de l'Armée française, à un coursier à domicile. Je venais chercher ma lecture une fois par semaine. Je pouvais attendre longtemps avant que Herr des Roulieres, un descendant de huguenots dont le nom s'écrivait sans accent et se prononçait avec, me reçût pour me remettre les pages à traduire. De sa part, aucune déférence. Une sécheresse toute germanique malgré ses origines. Venait-il venger des siècles plus tard le sort que la fille aînée de L'Église avait réservé à ses ancêtres?

En quittant le bureau de Herr des Roulieres, je ressortais par la grande porte, franchissant la grille monu-

1f. **brandir une menace:** eine Drohung ausstoßen.
2 **avec prévenance** (f.): zuvorkommend.
4 **admiratif, -ive:** bewundernd.
5 **la maîtrise:** (Sprach-)Beherrschung.
les égards (m., pl.): Rücksichtnahme.
8 **le coursier à domicile:** Hausbote.
10f. **le descendant / la descendante:** Abkömmling.
11 **un huguenot:** Hugenotte; Sammelbezeichnung für die französischen Protestanten, die im 16. und 17. Jh. verfolgt wurden. Die Emigranten fanden Aufnahme in den USA, Großbritannien, den Niederlanden, der Schweiz und in Deutschland (v. a. Brandenburg).
13 **la déférence:** Entgegenkommen.
14 **la sécheresse:** Trockenheit, Knappheit.
15 **le sort:** Schicksal.
15f. **la fille aînée de l'Église:** seit dem Übertritt des Merowingers Chlodwig (498) zum Katholizismus Bezeichnung für Frankreich.

mentale qui prétendait rappeler celle de Versailles. J'avais parfois envie d'oublier le rendez-vous, mais je l'honorais avec une ponctualité irréprochable. J'avais honte de servir la Gestapo, je supportais mal de voir ces Boches arborer sans vergogne les attributs du IIIe Reich sous des chefs-d'œuvre architecturaux du Grand Siècle. Pourtant, je ne me permettais pas une minute de retard, même si je savais que j'allais devoir attendre Herr des Roulieres, parfois plusieurs heures. Ma ponctualité était ma fierté, ma manière, assez discrète je l'avoue, de résister. Je patientais dans le couloir, sur une chaise en bois, une véritable épreuve, car je voyais passer beaucoup trop de monde dans ce boyau, des réfractaires à l'ordre germanique de tout poil, des jeunes gens qui n'avaient pas eu ma faiblesse, ou des condamnés de naissance, israélites dénichés Dieu sait où, Tsiganes arrêtés par roulottes entières. Je détestais ces longues attentes, je faisais mine de ne pas savoir pourquoi, juste l'humiliation de devoir servir l'occupant, mais il y avait autre chose, bien sûr: mes yeux voyaient passer du monde dans ce couloir,

1 **qui prétendait rappeler ...:** das an ... erinnern sollte.
3 **honorer qc:** hier: etwas einhalten.
la ponctualité: Pünktlichkeit.
5 **arborer qc:** etwas zur Schau stellen.
sans vergogne (f.): schamlos.
14 **le boyau:** Schlauch.
le réfractaire: Befehlsverweigerer.
14f. **de tout poil** (fig.): aller Art (*le poil:* [Körper-]Haar, Fell).
16 **dénicher qn:** jdn. ausfindig machen, aufspüren.
17 **le/la Tsigane:** Zigeuner(in).
la roulotte: Zigeunerkarren.
19 **une humiliation:** Demütigung (dazu: *humilier*).

sur ma rétine s'imprimaient des silhouettes, des couleurs de manteaux, des visages, et plus ces images se superposeraient dans mon esprit, moins je pourrais dire que je ne savais pas, les rétentions abusives, les passages à tabac, les tortures, les séquestrations, les exécutions sommaires, les expéditions au diable vauvert, les familles qui ne seraient pas séparées. Alors que faire, plutôt que de rester le derrière sur sa chaise en attendant le bon vouloir de Herr des Roulieres (il tardait à arriver pour m'humilier un peu plus, je ne voyais pas d'autre explication aux retards d'un descendant de huguenots)? Je ne m'étais pas posé de questions à l'époque, cela m'étonne aujourd'hui. Comment se retrouve-t-on une grenade à la main, à faire sauter une voie ferrée ou à vider un chargeur sur une patrouille vert-de-gris? Faut-il du courage, de l'inconscience, ou simplement l'envie de s'extirper de la routine d'une vie jouée d'avance? Monsieur, j'ai

1 **la rétine:** Netzhaut.
s'imprimer: sich einprägen, haften bleiben.
3 **se superposer:** sich überlagern.
4 **la rétention:** Inhaftierung, Gefangenhaltung.
abusif, -ive: missbräuchlich, widerrechtlich.
5 **le passage à tabac** (fig.): Tracht Prügel.
la séquestration: Einzelhaft.
6 **sommaire:** ohne Gerichtsverfahren, standrechtlich.
6f. **une expédition au diable vauvert** (fam.): Verschleppung ans andere Ende der Welt.
15 **faire sauter qc:** etwas in die Luft sprengen.
la voie ferrée: Bahngleis.
le chargeur: (Pistolen-)Magazin.
16 **vert-de-gris:** feldgrau (Uniformfarbe der Deutschen).
17 **une inconscience:** Unbekümmertheit.
s'extirper de qc: sich einer Sache entziehen.
18 **joué, e d'avance:** immer gleich, eintönig, festgefahren.

plongé dans la langue allemande pour lire Goethe, Heine et les frères Mann, non pour vous permettre d'envoyer des adolescents au peloton d'exécution. C'est pourquoi je ne traduirai rien pour vos services. Ou j'aurais pu courtoisement sortir du bureau sans rien répondre au commandant, prendre le tramway à la station Hôtel-des-Barres jusqu'au terminus puis le funiculaire du plateau de Roche-Noire et disparaître dans le maquis. Ou encore simuler un rhume des foins et me moucher, en présence des gestapistes de service, dans un des calicots rouges et blancs frappés d'une énorme croix gammée comme le postérieur du bétail dans les westerns, ces bannières morbides qui tombaient du balcon de l'hôtel des Barres de part et d'autre du perron et défiguraient la façade. Au lieu de cela, j'ai regagné mon domicile. Avais-je peur de la mort, du froid, de la promiscuité, de la faim? Était-ce l'idée de «passer à la clandestinité» qui me dérangeait, la sensation de disparaître un peu aux yeux de certains, d'y perdre mon existence? Je l'ignorais, mais

3 **le peloton d'exécution:** Erschießungskommando.
6 **le tramway** (angl.): Straßenbahn.
7 **le terminus:** Endstation.
8 **le funiculaire:** Seilbahn.
le plateau de Roche-Noire: Hochplateau bei Gergovie (Auvergne).
9f. **le rhume des foins:** Heuschnupfen.
10 **le gestapiste:** Mitglied der Gestapo.
11 **le calicot:** Kaliko (feines, dichtes Baumwollgewebe).
12 **le postérieur:** Hinterteil.
13 **le bétail:** Vieh.
la bannière: Fahne, Banner.
morbide: hier: kläglich, unsäglich.
15 **défigurer qc:** etwas entstellen.
17 **la promiscuité:** hier: Durcheinander, Gewirr von Menschen.

on vivait doublement, dans le maquis: on avait deux noms, deux identités, deux visages parfois, presque deux corps. Les femmes y portaient casquette et pantalons. N'était-ce pas l'occasion d'être quelqu'un d'autre, changer de peau, de coiffure, de couleur de cheveux, de sexe et de fréquentation? Je n'avais envie de rien de tout cela. J'étais presque bien comme j'étais, mes yeux ma tête mon corps me convenaient, et les petites et grandes compromissions de ma sœur Anne me dérangeaient-elles tant? Qu'étais-je lorsque je cessais d'enseigner l'allemand? Je ne pouvais pas me réfugier dans la vie conjugale, le seul ami que j'avais eu était allemand. Je voulais surtout que l'on me laissât lire en paix, et mes nuits souterraines me suffisaient. Je pouvais bien traduire quelques feuillets par semaine, un tract de propagande par ci, le discours du *Obergruppenführer* par là, *La Mort à Venise* le valait amplement. Là-haut, sur la montagne, je n'aurais pas eu ma bibliothèque. Et comment lire mes auteurs préférés dans le texte au fond d'une cache de la Résistance, alors que le jeu consistait à estourbir le plus d'Allemands possible et aligner contre le mur des bâtonnets tracés à la craie en guise de comptabilité des trophées? La craie salit les mains, elle

9 **la compromission:** Missverhalten, Fehltritt.
15 **le feuillet:** Blatt, Seite.
16 **un tract de propagande:** Propagandaflugblatt.
18 **valoir qc amplement:** etwas allemal wert sein.
21 f. **estourbir qn** (fam.): jdn. abmurksen, um die Ecke bringen.
23 **le bâtonnet:** Strich.
en guise de: als.
23 f. **la comptabilité:** Buchführung, Zählung, Erhebung.
24 **le trophée:** Trophäe.

grince sur le tableau noir à vous donner la chair de poule, mais je savais supporter ces désagréments quand il s'agissait de recopier tel vers de Heine ou de Schiller.

Le bureau de des Roulieres était situé au rez-de-chaussée, on passait devant pour se rendre à la cave, l'ex-salle forte où les coffres avaient dû être remplacés par des baignoires. Au fil des semaines, je finis par comprendre le remue-ménage auquel se livraient les nazis. Les politiques étaient expédiés au sous-sol. J'entendais souvent des hurlements. Je blêmissais, les Allemands poursuivaient leur va-et-vient sous mes yeux comme si de rien n'était, comme si l'on ne massacrait pas des hommes et des femmes, souvent à peine sortis de l'enfance, à l'étage au-dessous. Les Juifs, les Tsiganes (ils étaient moins nombreux), disparaissaient au bout de mon couloir, rassemblés dans une pièce sans fenêtre qui avait été le bureau du caissier de la banque. On avait supprimé la porte vitrée et l'hygiaphone, remplacés par une porte en métal.

1 **grincer:** quietschen, kreischen, knirschen.
2 **les désagréments** (m.): Unannehmlichkeiten.
7 **une ex-salle forte:** ehemaliger Tresorraum.
8 **la baignoire:** Badewanne.
au fil de …: im Laufe von …
9 **le remue-ménage:** Umtriebe, Hin und Her.
10 **le politique:** hier: politischer Häftling.
expédier qn: jdn. (irgendwohin) schaffen.
11 **blêmir:** erbleichen.
12 **le va-et-vient:** Hin und Her.
18 **le caissier / la caissière:** Kassierer(in).
20 **un hygiaphone:** Sprechvorrichtung.

J'ai vu passer des familles complètes, le père, la mère, les filles, la grand-mère, des hommes seuls, des enfants sans parents aussi. Souvent, je ne connaissais pas les captifs. Ce devaient être des Juifs de Paris, venus se cacher dans la région. On les avait dénichés dans un grenier, à l'office d'un couvent, les enfants dans une famille catholique d'adoption. On savait que la région était truffée de Juifs. J'en ai entendu certains parler allemand, d'autres un dialecte que je croyais être le patois berlinois ou quelque chose d'approchant. Espagnol, hongrois, tchèque, arabe, français aussi, avec toutes sortes d'accents. J'en ai même entendu s'exprimer normalement, mais ceux-là, souvent, je les connaissais. C'était nos Juifs, ils faisaient partie de mon paysage depuis l'enfance. J'ai eu un peu mal quand le bas de leur manteau a frôlé le bout de mes souliers. Le docteur Astruc, que je n'aimais pas, un prétentieux, Kahn, le propriétaire du cinéma Excelsior, un parvenu qui se donnait des allures d'aristocrate, avec son épouse et ses jumelles. Un matin, j'ai vu passer madame Bloch, la mercière. Où s'était-elle cachée tous ces mois? Quand j'accompa-

6 **un office:** hier: Messe, Hochamt.
8 **truffé, e de qc:** gespickt mit etwas.
10 **le patois berlinois:** Berliner Mundart.
10f. **approchant, e:** ähnlich.
11 **hongrois, e:** ungarisch (*l'Hongrie,* f.: Ungarn).
16 **le bas:** hier: Saum.
frôler: leicht berühren, streifen.
18 **le prétentieux:** eingebildeter, arroganter Mensch.
20 **les jumelles** (f.): Zwillingstöchter (*le jumeau / la jumelle:* Zwilling).
21 **la mercière:** Kurzwarenhändlerin.

gnais ma mère à son magasin, elle s'extasiait sur mes yeux bleus, elle me donnait un sucre d'orge et un gros baiser sur la joue gauche. Elle m'embrassait comme du bon pain. J'aimais sa chaleur, son parfum de cannelle, je voulais le même, et aussi l'odeur de coton mercerisé et de naphtaline de son magasin. Ma mère n'appréciait pas, je le voyais dans son regard, ces débordements de la part d'une commerçante. Elle aurait voulu que je me garde de ses baisers, mais je recherchais chez madame Bloch un contact de chair dont on me privait à la maison. Je m'enfonçais avec bonheur dans sa gorge moelleuse, je gardais le plus longtemps possible les traces de son rouge à lèvres sur ma joue, l'empreinte de son parfum sur le col de mon manteau. Je patientais devant le bureau de des Roulieres, la porte au bout du couloir s'est ouverte bruyamment, la petite femme rondelette a surgi, tirée à quatre épingles, fardée, en chapeau, elle disparaissait presque sous une épaisse fourrure noire aux reflets roux. Deux soldats allemands l'encadraient, elle

1 **s'extasier:** in Verzückung geraten.
2 **le sucre d'orge:** Lutscher aus Malzzucker.
4 f. **la cannelle:** Zimt.
5 f. **le coton mercerisé:** merzerisierte (veredelte) Baumwolle.
6 **la naphtaline:** Naphtalin, Kohlenwasserstoffverbindung, die als Ausgangsmaterial z. B. für Mottenvernichtungsmittel dient.
7 f. **le débordement:** Gefühlsüberschwang, Gefühlsaufwallung.
11 **s'enfoncer:** (ver)sinken.
12 **la gorge:** hier: Busen.
moelleux, -euse: üppig und weich.
14 **une empreinte:** hier: Spur, Hauch, Duft.
17 f. **tiré, e à quatre épingles** (f.; fam.): wie aus dem Ei gepellt.
18 **fardé, e:** geschminkt.
20 **encadrer qn:** jdn. einrahmen; hier: links und rechts von jdm. gehen.

marchait d'un pas assuré, de l'air de celle qui refuse de s'en laisser conter. Elle s'approchait et j'ai craint qu'elle ne me reconnaisse. J'aurais voulu qu'un trou s'ouvre sous moi et m'engloutisse le temps qu'elle mettrait à me dépasser. J'ai regardé mes ongles, impeccables comme à l'habitude. Elle n'a pas remarqué ma présence, peut-être ne me reconnaissait-elle pas, j'avais grandi. Les soldats l'ont enfermée dans le bureau du caissier. J'ai prié qu'elle y reste jusqu'à ce que j'aie pu vider les lieux. Quelques minutes plus tard, des Roulieres a ouvert la porte de son bureau, il m'a sauvé la vie.

J'ai trouvé toutes sortes de prétextes pour rester chez des Roulieres le plus longtemps possible. J'étais soudain aimable, presque affable, avec cet officier que je n'aimais pas et qui montrait peu de courtoisie à mon endroit, simplement pour ne pas me retrouver nez à nez avec madame Bloch. J'ai tenté de quitter le bureau par l'autre porte, je ne savais pas où elle donnait, au moins ne menait-elle pas au couloir que je voulais éviter. Ce fut impossible. Des Roulieres me barrait le chemin et me montrait d'un geste assuré la sortie habituelle. Par bonheur, le couloir était vide. Je n'ai pas demandé mon reste. J'ai souvent repensé à madame Bloch. Elle n'a pas refait surface,

2 **s'en laisser conter** (fam.): sich etwas vormachen lassen.
4 **engloutir qn:** hier (fig.): jdn. verschlingen.
10 **vider les lieux** (m., pl.): von einem Ort verschwinden.
15 **affable:** liebenswürdig.
17 **à l'endroit de qn:** gegenüber jdm., zu jdm.
23 **habituel, le:** üblich, gewöhnlich.
24 **ne pas demander son reste** (fam.): keine Zeit mit Worten verlieren.
25 **refaire surface:** wieder auftauchen.

évanouie. Après la guerre, plus personne n'en a parlé. Son magasin a continué de s'appeler «Au dé à coudre» mais il était tenu par une Italienne à moustaches. Plus tard, c'est devenu un magasin de chaussures, puis une banque, avec une salle des coffres au sous-sol, mais sans baignoire.

La guerre passait sans que l'on sache vraiment qui allait la gagner. La presse mentait, Radio Londres mentait peut-être et disait parfois la vérité mais comment le savoir? Nous étions occupés, à des tas de choses. Je traduisais, je lisais, je descendais à la cave le plus souvent possible, j'enseignais, j'honorais mon rendez-vous hebdomadaire, les gardes à la croix gammée claquaient des talons sur mon passage, je faisais partie des meubles de la Gestapo, j'aurais voulu me voiler le visage pour pénétrer le bâtiment, pas tant pour disparaître que pour ne pas voir. Résistants? Juifs? Dis est-ce que t'as vu Monte-Carlo? Non, j'ai vu monter personne. Rien vu rien entendu. Dans le couloir devant le bureau de des Roulieres, les ombres glissaient, chaque homme, chaque femme était un platane au bord d'une route départementale. De la banquette de l'autobus, le coin de mon œil percevait leur défilé, mais

1 **évanoui, e:** hier: verschwunden.
2f. **le dé à coudre:** Fingerhut.
3f. **à moustaches** (f., pl.): hier: mit (Damen-)Bart.
8 **Radio Londres:** englischer Radiosender, der gegen die deutschen Besatzer arbeitete und Forum des französischen Widerstands war.
12f. **honorer un rendez-vous:** ein Treffen einhalten.
13f. **claquer des talons** (m., pl.): die Hacken zusammenschlagen.
14f. **faire partie des meubles de qn** (fam.): zu jds. Inventar gehören.
18 **Monte-Carlo:** hier: das Autorennen von Monte-Carlo.
23 **percevoir qc:** etwas wahrnehmen.

mon regard était ailleurs, droit devant, je n'avais même plus la ligne bleue des Vosges comme planche de salut, mes yeux se perdaient dans la brume qui monte de la terre les matins d'hiver, ne pas les lever et risquer de découvrir des visages. Ce qui compte, ce sont les paysages, non? Ils sont là, mes ancêtres ont vu les mêmes depuis des siècles, des forêts de sapins, des lacs d'altitude et la cime des montagnes enneigée l'hiver. Les hommes passent. Ils courent vers leur destin. Vous n'avez pas le temps de respirer qu'ils ont disparu, engloutis par la course du temps. Ils ne laissent aucune trace dans ce monde. Certains meurent de leur belle mort, d'autres disparaissent un peu prématurément. C'est comme la naissance, on ne choisit pas l'heure de son arrivée ni de son départ. Il y a toujours eu des guerres, des injustices, des victimes et des bourreaux. Cette madame Bloch, elle avait plus de cinquante ans à l'époque du couloir, elle serait morte à présent, on n'a jamais vu quiconque vivre cent vingt ans. Les êtres basculent un jour ou l'autre et leur chute vous entraîne.

La littérature les fixe. Je ne voulais pas basculer.

2 **les Vosges** (f., pl.): Vogesen, Gebirgszug westlich des Oberrheins.
2 f. **la planche de salut** (fig.): letzte Rettung.
8 **la cime:** Gipfel.
enneigé, e: schneebedeckt.
11 **la course du temps:** Lauf der Zeit, schnell vergehende Zeit.
12 f. **mourir de sa belle mort:** eines natürlichen Todes sterben.
13 f. **prématurément:** verfrüht, vor der Zeit.
17 **le bourreau:** Henker.
19 **quiconque:** irgend jemand.
20 **basculer:** ins Wanken geraten.
21 **la chute:** Fall, Sturz.
22 **fixer qn:** hier: jdm. feste Gestalt geben.

Est-ce la raison pour laquelle j'aimais tant lire? Pouvoir retrouver les hommes à la place où je les avais laissés, les rattraper par la manche pour conjurer leur disparition, et garder l'équilibre, stable sur mes deux jambes bien plantées en terre. J'avais encore des bibliothèques entières à lire.

Un jour, le soldat est réapparu, celui qui m'apportait à domicile ma ration de traductions durant la drôle de guerre. Il était là, devant moi. La porte d'entrée s'est ouverte, on a poussé un groupe vers l'intérieur, des Juifs. Ça se voyait. Ils n'étaient pas comme les autres, sans que je puisse justifier ce qui me permettait de les reconnaître. Le jeune homme était parmi eux, en civil, plus grand que les autres, majestueux. Il dominait. Je l'ai reconnu tout de suite.

Il s'était passé presque deux ans depuis qu'il m'avait rendu visite pour la dernière fois. Deux années d'Occupation, d'humiliation, de renoncements et de petites compromissions, deux années d'attente devant le bureau de des Roulieres et de vaine tentative pour ne reconnaître aucun des visages qui défilaient dans le couloir. Des pages et des pages traduites pour l'occupant avaient recouvert ce temps et sa voix chantonnant des nocturnes derrière ma porte. Ma vie en

3 **rattraper qn:** jdn (wieder) ergreifen.
conjurer qc: etwas abwenden, aufhalten.
4 **la disparition:** Verschwinden.
stable: fest, stabil.
14 **majestueux, -euse:** majestätisch.
18 **le renoncement:** Verzicht.
20 **la tentative:** Versuch.

palimpseste: un scribe mal intentionné avait gratté une histoire pour en écrire une autre, et la première était devenue indéchiffrable.

Où était-il passé depuis l'Armistice? Renvoyé dans ses foyers, prisonnier en Allemagne? J'avais souvent rêvé de lui. Nu, au garde-à-vous, serrant mes traductions entre ses mains à hauteur du pubis. Mes doigts parcouraient le creux de son épaule, son sein ferme comme la joue d'un cheval, son ventre, mon index tournait, tournait au bord du trou, mon doigt dans son nombril, mon ongle limé en pointe égratignait sa peau un peu grenue, la caresse allait se perdre du côté des hanches et des fesses. Le soldat restait au garde-à-vous, ordre du capitaine, malgré sa nudité et mes caresses, un léger trouble de la lèvre seulement, malgré la défaite et l'Occupation. C'était dans mes rêves. Je pensais ne plus le revoir et il était là, à cette heure où j'attendais des Roulieres, au milieu du couloir de

1 **le palimpseste:** Palimpsest, antikes oder mittelalterliches (Pergament-)Schriftstück, dessen ursprünglicher Text getilgt und das danach neu beschriftet wurde.
le scribe: Schreiber.
mal intentionné, e: böswillig.
gratter qc: etwas abkratzen, abschaben.
3 **indéchiffrable:** nicht zu entziffern.
5 **les foyers** (m., pl.): Zuhause.
7 **le pubis:** Schamgegend.
8 **le creux de l'épaule** (f.): Achselhöhle.
11 **le nombril:** Nabel.
limé, e en pointe: spitz zugefeilt (Fingernagel).
égratigner qc: etwas an-, aufkratzen.
12 **grenu, e:** körnig.
13 **la hanche:** Hüfte.
16 **la défaite:** Niederlage.

la Gestapo. Son visage, dans ce corridor violemment éclairé, n'était pas comme dans ma mémoire. L'homme ne me voyait pas. Il avait vieilli, mûri plutôt, les circonstances sans doute de ces deux années de guerre qui comptaient double, il n'avait plus cette allure d'enfant qui avait dû enfiler trop tôt un uniforme. Ses joues s'étaient creusées, mais il en imposait par sa stature, son profil racé. Cette guerre avait nanti son regard d'une fierté que je ne lui connaissais pas. Je ne cessais de l'observer, il ne me voyait pas, le regard perdu dans un ailleurs, les autres Juifs n'existaient plus autour de lui, il était seul au milieu du couloir, planté en cet endroit par le destin.

1 **violemment:** heftig; hier: grell.
3 **mûrir:** reifen.
7 **creusé, e:** ausgehöhlt, hohl.
en imposer à qn: jdm. imponieren.
8 **racé, e:** rassig.
nantir: hier: erfüllen, ausstatten.

4

Au début, à la cave, ce ne fut pas facile. Je n'avais pas prévu d'y cacher quelqu'un. Herman (c'était le nom de l'ex-soldat) n'avait pas de vêtement de rechange. Il a dû coucher par terre, les premiers jours, car il n'y avait pas de lit. Le pire, ce fut pour les sanitaires. Il devait me confier son pot de chambre, il avait honte. Je n'aimais pas trop, mais avions-nous le choix? Maintenant, cette pudeur pour les choses du corps me fait sourire, c'est rien du tout, un pot de chambre, une mauvaise odeur persistante, d'autres ont fait bien pire depuis, manger son voisin dans l'épave d'un avion sur la cordillère des Andes, boire de la pisse au fond d'un wagon à bestiaux. Moi, j'ai juste vidé des étrons pendant la guerre.

Je ne sais plus comment il a atterri à la cave. C'est allé trop vite, les images ne se sont pas imprimées. Un concours de circonstances, un SS qui tourne le dos, la pause déjeuner du fonctionnaire qui devait inscrire

4 **le vêtement de rechange:** Kleidung zum Wechseln.
6 **les sanitaires** (m., pl.): Sanitärbedarf.
7 **le pot de chambre:** Nachttopf.
11 **persistant, e:** beharrlich, hartnäckig.
12 **une épave:** (Flugzeug-)Wrack.
13 **la cordillère:** (Berg-)Kamm, Kette.
14 **le wagon à bestiaux:** Viehwaggon.
les étrons (m.): Kot, Exkremente.
16 **atterrir:** landen, hingeraten.
18 **le concours:** hier: Zusammentreffen, Koinzidenz.

les noms des arrivés sur un registre. Je me souviens vaguement de notre sortie de l'hôtel des Barres par le grand portail, les plantons claquant des talons et moi n'ayant pas l'esprit à m'amuser de cette scène cocasse. Et aussi, qui sait? un gestapiste qui a fermé les yeux au bon moment, couvrant ainsi notre fuite, parce que le regard de Herman ou ma chute de reins lui plaisait. La vie des hommes, en ce temps, tenait à ces hasards, à ces ridicules faiblesses et infimes désobéissances. J'ai ramené Herman à la maison, ma mère était en courses, ma sœur déshonorait à peine la famille au premier étage, seule la grande glace de l'entrée nous a vus passer mais les miroirs n'ont pas de mémoire, les secrets glissent à leur surface sans laisser de trace. J'ai mis Herman à la cave et j'ai hâté le pas vers la Gestapo. Je devais y retourner pour les traductions. C'était très risqué, que s'était-il passé après notre fuite? S'était-on rendu compte qu'il manquait un Juif? Les plantons avaient-ils signalé notre échappée? J'ai monté fébrile l'escalier de l'hôtel des Barres. À l'intérieur, le flot des Juifs avait été absorbé, le couloir était vide, ils devaient être enfermés dans l'ancien

3 **le planton:** wachhabender Soldat.
4 **ne pas avoir l'esprit à faire qc:** nicht in Stimmung sein, etwas zu tun.
4 f. **cocasse:** lustig, drollig.
7 **la chute de reins:** Form der Hüften, Hüftlinie.
9 **infime:** winzig.
9 f. **la désobéissance:** Ungehorsam.
11 **déshonorer qn:** jdn. entehren.
19 **une échappée:** Flucht.
20 **fébrile:** wie im Fieber, fieberhaft, hastig, nervös, sehr angespannt.
21 **le flot:** Flut, Strom.
absorber qc: etwas schlucken, aufsaugen.

bureau du caissier, à moins qu'on les ait évacués par la porte de derrière, dans les camions. Des Roulieres fut content de me prendre en défaut, j'étais en retard, je ne lui ai pas présenté mes excuses, j'ai pris la liasse de documents qu'il a jetée avec le mépris du vainqueur sur la table et j'ai quitté le bureau. Je commençais la guerre et c'était bon. Je résistais, je sauvais un homme, et quel homme, je mourais de peur mais ma vie prenait sens. Je pouvais supporter les humiliations de des Roulieres, les claquements de talon des gardes ne me gifleraient plus les oreilles, je pourrais regarder les victimes en face. Le garçon aux yeux turquoise du fond de la cave me sauvait la vie. J'entrais en résistance à ma minuscule manière.

J'ai eu beaucoup de chance, quand j'y pense. Les nazis ne s'étaient pas rendu compte de l'absence de Herman, les autres Juifs n'ont pas cafeté, on les disait lâches pourtant. Peut-être se sont-ils tus par lâcheté.

J'ai continué ma récolte de fourmi, mais ce n'était plus des livres que je descendais au fond de ma galerie souterraine. De retour du lycée, je glanais les

1 **évacuer qn:** jdn. nach draußen schaffen, treiben.
3 **prendre qn en défaut:** jdn. bei einem Fehler ertappen.
5 **le mépris:** Verachtung.
11 **gifler les oreilles:** hier (fig.): unangenehm in den Ohren klingen.
12 **turquoise:** türkisfarben.
14 **minuscule:** hier: unscheinbar.
17 **cafeter** (arg.): petzen.
18 **la lâcheté:** Feigheit.
19 **la récolte de fourmi** (fig.): Ameisenfleiß.
20f. **la galerie:** hier: Stollen; rund gemauerter Keller.
21 **glaner:** einsammeln, auflesen.

vieilleries mises au rebut qui étaient rares pendant la guerre. À présent, on jette on jette on jette, on ne fait que cela, c'est devenu une activité en soi: jeter; mais à l'époque, le monde passait son temps à ravauder, repriser, réutiliser et même repasser les plats. On détricotait les chandails, moi immobile les bras écartés d'une trentaine de centimètres et ma mère tournant autour de mes mains tout en tirant sur le gilet qui se défaisait à mesure. Elle passait ensuite l'écheveau ainsi confectionné à l'eau pour défriser la laine et la retricoter. Mon pull-over (elle disait poulovor) de quinze ans fit au moins quatre brassières pour les enfants de ma sœur Isabelle. Et quand je ne pouvais pas offrir mes mains parce que j'avais des devoirs ou plus tard quand ma mère n'osa plus parce que j'étais adulte, elle utilisait le dossier d'une chaise de la salle à manger mais c'était moins bien. Ma sœur Anne n'a jamais pu rester plus de deux minutes immobile, avec elle, c'était peine perdue, ma mère a vite compris.

1 **les vieilleries** (f.): altes Zeug, alte Sachen.
mettre qc au rébut: etwas in den Müll werfen.
4 **ravauder qc:** etwas flicken.
4f. **repriser qc:** etwas (Strümpfe, Socken) stopfen.
5 **repasser un plat:** hier: einen Teller zusammenkleben.
5f. **détricoter un chandail:** einen Pullover auftrennen und (die Wolle) auf Knäuel wickeln.
8 **le gilet:** Weste.
9 **se défaire:** sich auflösen.
à mesure: nach und nach.
un écheveau: Wollknäuel.
10 **confectionner qc:** etwas herstellen.
défriser qc: etwas glätten.
12 **la brassière:** Leibchen, Jäckchen.
16 **le dossier:** (Stuhl-)Lehne.
19 **c'est peine perdue:** es ist vergebliche Liebesmüh, es ist umsonst.

Il fallait améliorer le confort de la cave mais les poubelles de la guerre étaient à peu près aussi vides que les assiettes. Il n'était pas question de descendre un matelas, mes seules forces n'y auraient pas suffi et je ne pouvais mettre personne dans la confidence. Alors je ramassais des chiffons, des bouts de laine, de la paille et nous cousions la nuit dans la cave. Herman était tailleur. C'est-à-dire qu'il était bien autre chose, mais il maniait l'aiguille depuis l'enfance. Je n'aurais pu imaginer ses mains massives capables de tant de précision quand elles se saisissaient d'un tissu. Nous avons cousu des nuits entières. Il prenait de grandes aiguillées, donnait un petit coup dans les tissus à assembler puis tirait d'un geste sûr sans jamais emmêler les fils. Il traversait les tissus les plus épais d'un coup sec, sans difficulté. Je me tenais à ses côtés, les mains agrippées à un autre morceau de l'ouvrage, besognant quelques points, quelques centimètres irréguliers quand il confectionnait une couture impeccable de plusieurs mètres.

J'apportais des morceaux d'étoffe glanés de-ci delà, et nous les rajoutions à l'ensemble déjà constitué.

1 f. **la poubelle:** Mülltonne.
5 **mettre qn dans la confidence:** jdn. ins Vertrauen ziehen.
7 **la paille:** Stroh.
9 **manier l'aiguille** (f.): mit der Schneidernadel umgehen.
12 f. **la grande aiguillée:** langer Nähfaden.
14 f. **emmêler les fils:** die (Fäden) durcheinanderbringen, verwirren.
15 f. **le coup sec:** hier: ruckartiger Stich.
17 **agrippé, e à qc:** an etwas geklammert.
besogner qc: etwas mühsam zuwege bringen.
19 **la couture:** Naht.
21 f. **de-ci de-là:** da und dort.
22 **constituer qc:** etwas fertigstellen, zustande bringen.

Qu'en pensez-vous, ce torchon, à côté de ce bout de drap?

Je l'aurais mis ici, dans le prolongement du tissu beige.

Nous parlions, en cousant, dans la pénombre. Il me posait des questions sur les livres que j'avais lus, je répondais, il me disait ceux qu'il connaissait lui-même. C'était lui qui posait les questions, qui parlait. De temps en temps, la conversation tombait. Parfois, il se mettait à chantonner. Sa voix chaude m'enrobait, comme du temps de la drôle de guerre. Nous cousions souvent en silence, éclairés par la petite lampe de lecture. Nous restions concentrés sur notre ouvrage, lui surtout, car je lui jetais des coups d'œil furtifs. J'aimais le voir.

En descendant à la cave, je passai devant la machine Singer de ma mère. Le travail serait allé plus vite si nous avions pu l'utiliser, mais elle m'aurait privé de ces nuits où j'ai aimé assister au ballet de Herman le tailleur.

Nous étions fiers du matelas que nous lui avions confectionné à partir de rien, les draps ressemblaient à ces cartes de France qui pendaient aux murs des écoles communales avec les départements de toutes

1 **le torchon:** Lappen.
3 **le prolongement:** Verlängerung, Fortsetzung.
5 **la pénombre:** Halbdunkel.
10 **enrober qn:** jdn. einhüllen.
17 **Singer:** 1873 gegründetes amerikanisches Unternehmen, das vor allem erstklassige Nähmaschinen herstellte.

les couleurs, aujourd'hui on dit un patchwork je crois, une drôle de géographie pour nous seuls. J'ai subtilisé deux chemises dans l'armoire de mon père, ma mère ne l'ouvrait plus et s'il revenait de captivité, se souviendrait-on du nombre de chemises qu'il avait laissées avant guerre? Je fis cadeau d'un de mes sous-vêtements usagés et d'un de Claude. J'aimais imaginer Herman vêtu alternativement en homme et en femme sous son pantalon, c'était un discret moyen de l'humilier, la guerre avait bon dos, mais je voulais garder un certain ascendant sur lui, faciliter sa vie mais pas trop, comme un canari en cage dont on fait mine d'oublier de changer l'eau juste pour qu'il ne puisse pas faire sa toilette comme il faut. J'aurais pu faire bien pire, car il était à ma merci. À tout instant je pouvais le virer de la cave, le renvoyer à l'air libre et le lâcher aux chiens.

Si Herman devait survivre, il devait rester dans la cave. Je l'avais capturé, une prise douce puisqu'il m'avait volontiers emboîté le pas pour échapper à la Gestapo. Je n'avais aucun effort à fournir pour le re-

1 **le patchwork** (angl.): Flickenteppich.
2 **subtiliser qc.:** etwas stibitzen, mopsen.
7 **usagé, e:** gebraucht.
10 **la guerre avait bon dos** (fam.): etwa: der Krieg war ein guter Vorwand.
11 **un ascendant:** (starker, mächtiger) Einfluss.
faciliter qc: etwas einfacher machen, vereinfachen.
12 **le canari:** Kanarienvogel.
15 **être à la merci de qn:** jdm. ausgeliefert sein.
virer qn: jdn. hinauswerfen.
20 **emboîter le pas à qn:** jdm. auf dem Fuß folgen.
21 **fournir un effort:** eine Anstrengung machen, unternehmen.

tenir: les circonstances se chargeaient de le maintenir sous ma coupe. Mais j'exagère, je n'ai pas abusé de la situation. C'est maintenant que je réalise mon pouvoir d'alors.

Herman s'écrivait avec un seul n, il y tenait beaucoup. J'ai mis longtemps à l'admettre. Pour moi, c'était un prénom allemand. En Pologne, de nombreux Juifs s'appelaient Herman. Herman était juif. Je n'en avais jamais approché d'aussi près, à part madame Bloch pour un baiser mouillé-parfumé de temps à autre.

Mon Hermann préféré, avant lui, était Hermann Hesse. Pour *Le loup des steppes* surtout. Celui-là était resté au premier étage, dans la bibliothèque officielle. Je l'ai redécouvert à la faveur de Herman. Je l'avais presque oublié, pressé entre *Les Souffrances du jeune Werther* et *Le Prince de Hombourg*. Je l'ai dit, je boudais les officiels. Thomas Mann avait fini par occuper ma vie. J'ai ressorti Hermann de la bibliothèque, je lui ai ménagé une place sur ma table de nuit. Lorsque j'étais au premier, j'avais Claude d'un côté, je pensais à Herman terré au sous-sol, et me consolais entre les pages de Hesse. Je passais malgré tout la soirée avec

2 **sous la coupe de qn:** unter jds. Fuchtel.

13 **«Le Loup des steppes»:** *Der Steppenwolf*; 1927 veröffentlichter Roman von Hermann Hesse.

16f. **«Les Souffrances du jeune Werther»:** *Die Leiden des jungen Werther*; früher Roman (1787) von Goethe.

17 **«Le Prince de Hombourg»:** *Prinz Friedrich von Homburg*; Schauspiel (1811) von Heinrich von Kleist.

17f. **bouder qn:** mit jdm. schmollen.

20 **ménager une place:** einen Platz einräumen, gewähren.

Hermann, dût-il s'écrire avec deux n, une manière de vivre cette clandestinité à visage découvert.

J'ai dit que Herman était à ma merci, mais n'était-ce pas l'inverse? Le trouble que m'avait procuré le jeune soldat de la drôle de guerre se fit sentir à nouveau dès qu'il s'installa dans la cave. J'aimais cet homme. La semi-obscurité de la cave me le dérobait et décuplait mon désir, comme dans ces trains fantômes où l'excitation provient du noir. Mais lui? Il m'était reconnaissant de l'avoir sauvé, cela suffirait-il pour le conquérir? Me toucherait-il une nuit?

À présent, je ne me souviens plus comment Herman a pu rester si longtemps à la cave. Deux ans, trois mois et deux semaines à assurer la vidange du pot de chambre deux fois par jour. Et personne ne s'est rendu compte de rien. Claude peut-être, mais je ne le saurai plus. L'être qui m'était destiné et que j'avais frôlé sans jamais le toucher s'est suicidé le 8 février 1944, je n'ai pas su pourquoi. Claude n'a pas laissé de lettre d'adieu. En remontant une nuit de la cave, j'ai retrouvé son corps nu et inerte, baignant dans son sang sur le lit conjugal, couché sur le ventre. Le cadavre exhibait ses fesses, je les voyais pour la première fois, je sais, cela peut paraître incroyable mais c'est la

7 **dérober qn:** jdn. verbergen, (den Blicken) entziehen.
décupler: verzehnfachen; hier: vervielfachen.
8 **le train fantôme:** Geisterzug.
14 **la vidange:** Leeren, Leerung.
18 **se suicider:** sich umbringen, Selbstmord begehen.
21 **inerte:** leblos.
23 **exhiber qc:** etwas zur Schau stellen.

vérité comme elle est advenue, je le jure. Je n'avais rien perdu à ne pas déshabiller Claude: ses fesses n'étaient pas belles, elles n'éveillaient chez moi aucun désir, mollement étalées entre les reins et les cuisses, une discrète mais dérangeante jonchée de poils émergeant de l'anus, à moins que les circonstances, cette découverte macabre au retour de la cave, m'eussent ôté la capacité de les désirer. J'ai éprouvé la vague envie d'embrasser Claude, c'eût été un geste sincère pour la première fois, mais il était trop tard, Claude n'avait pas mérité cet outrage. À la salle de bains, les sous-vêtements fraîchement essorés séchaient sur le porte-serviettes. Quel désespoir lui avait ôté le goût de la vie? Claude était un être discret, par trop renfermé. Je n'avais rien fait pour l'aider à s'ouvrir et s'épanouir, c'était pourtant mon rôle. Au contraire, j'avais laissé Claude s'enfermer dans la solitude, évitant à tout prix d'envisager la frustration que ce mariage lui procurait. J'ai un peu menti. J'ai dit que Claude n'avait pas cherché à se rapprocher de moi, mais j'avais fait en sorte qu'il en fût ainsi. A-t-on idée de se plonger dans un livre en allemand pendant sa nuit de noces? Son corps ne

1 **advenir:** sich ereignen.
4 **étaler qc:** etwas ausbreiten; offen zeigen, enthüllen.
5 **dérangeant, e:** störend.
la jonchée: Büschel.
6 **émerger de qc:** aus etwas herauswachsen.
un anus: Anus, After.
8 **la capacité:** Fähigkeit.
9 **éprouver qc:** etwas empfinden.
12 **essorer qc:** etwas trocknen, auswringen.
13 **le porte-serviettes:** Handtuchhalter.
15 **renfermé, e:** verschlossen (Charakter).

m'attirait pas, j'avais tout fait pour le tenir à distance, éviter tout contact.

Ce corps nu, que je découvrais après que la vie l'eut déserté, peinturluré d'un sang tirant sur le noir, était-il son seul message posthume, celui du deuil jamais entamé de notre vie érotique? Ce suicide était-il une manière d'éclipse, le cadeau que me faisait Claude, me permettant de me consacrer pleinement au sauvetage de Herman?

C'était un peu grossier, ce suicide, en pleine guerre. Claude aurait pu mettre à profit le sacrifice de sa vie pour lutter contre l'occupant, se faire sauter au théâtre municipal lors d'un récital de Charles Trenet, au milieu d'un parterre de Fritz et de miliciens. Nous avons vécu plus de deux ans d'occupation l'un à côté de l'autre (pourquoi, quand on parle d'un homme et d'une femme, ne peut-on pas écrire «l'une à côté de l'autre»?) et je n'ai jamais su ses opinions sur le sujet, l'Occupation, la Résistance. Nous n'en avons pas parlé, nous ne parlions de rien, même pas, surtout pas de

4 **peinturlurer qc** (péj.): etwas besudeln, beschmieren.
tirer sur le noir: ins Schwarze spielen (Farbe).
5 **posthume:** hinterlassen, nach jds. Tod.
6 **entamer qc:** etwas beginnen.
7 **une éclipse:** Verschwinden.
8 f. **le sauvetage:** Rettung.
11 **le sacrifice:** Opfer.
13 **le récital:** hier: Chansonabend.
Charles Trenet: französischer Chansonnier (1913–2001).
14 **les Fritz** (péj.): abwertender Ausdruck für »die Deutschen«.
le milicien: Mitglied der nazinahen Miliz (s. Anm. zu S. 16, Z. 14).

ses sous-vêtements pendus au séchoir. Je me contentais de les remarquer en entrant dans la salle de bains. Je ne parvenais pas à en faire abstraction. Ils déparaient la pièce, reproche permanent, drapeau en berne, comme l'inscription «cave-refuge 50 personnes» qui est restée inscrite sur les immeubles de l'avenue de la République jusque dans les années 1970, quand la société d'assurances qui en était propriétaire a procédé à un ravalement général. Les caves-refuges ont été ravalées. J'ai toujours la mienne, ma cave-refuge 1 personne, au fond de l'estomac, et le suicide de Claude sur un bout de la conscience.

Pourquoi me sentir coupable de cette faute qui me poursuit depuis presque soixante ans? Je n'étais pas janissaire de métier, à monter la garde sur sa vie. Nous avons été deux protagonistes dans cette histoire de mariage et de couple qui couche huit ans dans le même lit sans se toucher et prend ses petits déjeuners à la même table sans se parler. Quand nos parents nous ont proposé le mariage, j'ai dit «Pourquoi pas?», ça me rappelait le bateau du commandant

1 **le séchoir:** Wäscheständer, Trockenständer.
3 **faire abstraction de qc:** von etwas absehen, etwas übersehen, ignorieren.
3f. **déparer qc:** von etwas verschandeln, verunzieren.
4f. **en berne:** auf Halbmast.
9 **le ravalement:** Säuberung, Renovierung.
10 **ravaler qc:** hier: etwas umbauen.
15 **le janissaire:** Janitschar; zu lebenslangem Dienst verpflichteter Soldat einer Kerntruppe der osmanischen Sultane (14.–18. Jh.).
monter la garde: Wache stehen.
16 **le protagoniste:** Hauptperson.

Charcot dont mon père me racontait les exploits en Antarctique dans mon enfance, mais Claude n'a pas non plus refusé, ni posé aucune condition. Un contrat de mariage, ça sert à dire ses espoirs, non? Si l'on m'avait dit que Claude attendait quelque chose de cette union, un érotisme, une conversation, je n'aurais pas accepté le mariage, j'aurais promis de lui dispenser des cours d'allemand gratuitement pendant des années s'il s'était agi de se sortir avec élégance de cette histoire. *Ich bin du bist er ist* et restons bons amis; *Ich weiß nicht, was soll es bedeuten, daß ich so traurig bin* et n'en parlons plus. Je n'aimais ni ne désirais Claude, et je n'ai pas souvenir d'avoir ressenti le moindre amour ni un quelconque besoin de rapport sexuel de sa part. Rien. Notre couple était une plaine tranquille, un paysage de campagne sans accident ni bourrasque, sans goût ni grâce. Sans souci, comme le palais de Frédéric II de Prusse. Rien. Voilà le mot juste, celui qu'écrivit Louis XVI dans son journal à la date du 14 juillet 1789. Rien. Et le lendemain, rien. Idem le surlendemain. Alors pourquoi ce suicide sans raison ni explication? Seulement pour m'injecter la

1 **Charcot:** Jean-Baptiste Ch. (1867–1936), französischer Antarktisforscher, der 1908–10 mit seinem Schiff »Pourquoi Pas« die Küstenlinie der Antarktis erforschte.

6 **un érotisme:** Erotik, erotische Spannung.

7 f. **dispenser un cours:** Unterricht erteilen.

11 **«Ich weiß nicht, was soll es bedeuten»:** Anfangszeile von Heines Gedicht »Lorelei« (1823).

17 **la bourrasque:** Windstoß, starke Bö; hier: (fig.) Turbulenz.

18 **la Prusse:** Preußen.

21 **idem** (lat.): in gleicher Weise, ebenso.

22 **injecter qc à qn:** jdm. etwas einimpfen, einflößen.

culpabilité que je n'avais pas ressentie auparavant? Je n'ai aucune réponse. Si Claude désirait tant faire l'amour, se faire toucher et me toucher, pourquoi ne pas avoir forcé mon refus, un viol conjugal par exemple, il paraît que c'est fréquent, et c'eût été moins violent que ce meurtre. Ce suicide est resté une énigme, et elle pèse sur moi. Notre mariage était déjà un mystère, mais celui-là ne me dérangeait pas. Je m'en accommodais. C'est plus tard qu'est montée cette sensation désagréable, la culpabilité, qui ne vous lâche plus guère une fois qu'elle s'est saisie de vous. Pendant la guerre, la disparition de Claude simplifiait les choses, je pouvais passer davantage de temps à la cave, avec Herman, la nuit. Mais après la Libération, quand la vie normale a tenté de reprendre son cours comme si de rien n'était, après le viol de ma sœur Anne, le retour de mon père, mes cours au lycée ne m'amusaient plus, toutes ces histoires de la guerre me sont remontées au visage, et une question n'a cessé de me hanter: «Pourquoi?» Pourquoi Claude s'est donné la mort? Pourquoi je n'avais rien vu venir?

À son enterrement, il y avait ses parents, en noir, ses frères, ses sœurs, ses neveux et nièces, c'était un grand

1 **la culpabilité:** Schuldgefühl.
auparavant (adv.): vorher.
6f. **une énigme:** Rätsel.
9 **s'accommoder de qc:** sich mit etwas abfinden.
10 **la sensation:** Gefühl.
désagréable: unangenehm.
11 **se saisir de qn:** sich einer Person bemächtigen.
12 **simplifier qc:** etwas vereinfachen.
20 **hanter qn:** jdn. quälen, immer wieder beschäftigen.

enterrement avec des gros placards dans le quotidien local. Même le lycée s'était fendu de son petit encadré pour m'exprimer ses condoléances par presse interposée, mais dans les couloirs, dans la salle des professeurs, personne, ni parmi les collègues, ni parmi les élèves, n'est venu me voir pour me dire ne serait-ce qu'un mot. Chaque jour apportait son lot de drames, ils avaient des circonstances atténuantes, mais était-ce si compliqué de me prendre l'avant-bras quelques instants pour témoigner d'une sympathie, sans parler de compassion? Car ce cadavre dans mon lit, celui d'un être que j'avais côtoyé durant huit années de ma vie, ce n'était pas rien. Après tout, le monde ignorait que nous ne nous étions jamais touchés, ou alors l'absence de désir se lisait-elle sur mon visage? À notre époque où tout se dit et veut se savoir, ce serait peut-être le cas, mais en 1942, alors que les Français avaient pris l'habitude de fermer les yeux sur tant de choses, que pouvait leur importer que le mariage de Raymond et Raymonde Truquemuche fût blanc? J'ai fait mine de

1 **le placard:** hier: (Todes-)Anzeige.
2 **se fendre de qc** (fam.): sich für etwas in Unkosten stürzen.
2f. **un encadré:** (in eine schwarze Umrahmung gesetzte) Beileidsanzeige.
3f. **par presse interposée** (f.): auf dem Presseweg, durch die Presse, Zeitung.
7 **le lot:** Anteil, Maß.
8 **atténuant, e:** mildernd (Umstände).
9 **un avant-bras:** Unterarm.
11 **la compassion:** Mitgefühl.
12 **côtoyer qn:** neben jdm. leben, an jds. Seite leben.
19f. **le mariage blanc:** nicht vollzogene Ehe.
Raymond et Raymonde Truquemuche: etwa: Otto und Ottilie Dingsbums.

rester insensible à l'indifférence affectée de mon entourage. Sur le coup, je n'en ai pas souffert.

Bien sûr, l'Église a fait semblant de ne pas savoir qu'il s'agissait d'un suicide. On mourait tellement pendant la guerre. Mon beau-père s'est rendu à l'évêché, il connaissait du monde, il est resté deux heures dans le bureau de l'évêque et à sa sortie, Claude avait succombé à une congestion pulmonaire, variante hémorragique. La messe pouvait commencer. J'ai dû subir le sermon haineux du curé. Il a réussi à coller le suicide de Claude sur le compte des Juifs, l'atmosphère de luxure qu'ils étaient parvenus à imposer en France depuis des décennies. Il était fort, ce curé. Quelqu'un lui a fait la peau plus tard, soutane comprise. Un résistant l'a descendu d'une rafale de mitraillette le jour de la Libération, devant son église. Son corps s'est affaissé sur un des bancs de pierre qui font mine de soutenir la façade de l'édifice, comme s'il s'était laissé

1 **insensible:** gefühllos, unempfänglich.
une indifférence: Gleichgültigkeit.
affecté, e: gespielt, vorgetäuscht.
5 **un évêché:** Bischofssitz.
7 f. **succomber à une congestion pulmonaire:** an einer Lungenentzündung sterben.
8 f. **hémorragique:** mit Blutsturz.
10 **le sermon:** Predigt.
10 f. **coller qc sur le compte de qn:** jdm. etwas anhängen.
12 **la luxure:** Wollust, Unzucht.
13 **la décennie:** Jahrzehnt.
14 **la soutane:** Soutane (langes Obergewand der katholischen Geistlichen).
15 **la rafale:** Salve.
16 f. **s'affaisser:** niedersinken, zu Boden gleiten.

tomber le plus naturellement du monde après une eucharistie épuisante, mais l'air hébété. On voyait qu'il était mort car sa soutane était criblée de balles. On aurait dit saint Sébastien, en plus mort. Je n'ai pas eu le cœur de me réjouir, ce jour-là, j'avais d'autres soucis, et s'amuse-t-on d'un assassinat, même bien mérité?

À part la place vide dans le lit à côté de moi, la disparition de Claude a changé peu de chose dans ma vie. J'ai conservé ses vêtements dans l'armoire. Les conjoints finissent par débarrasser les penderies parce qu'ils ne supportent plus la vue des objets qui rappellent leur défunt amour, mais je ne ressentais aucun chagrin, mon deuil était apparent, facile à porter, les vêtements pouvaient rester pendus dans l'armoire, ils ne me dérangeaient pas. Je ne les ai pas décrochés. Ils y sont toujours, vous pouvez vérifier, sacrément poussiéreux car je déteste les housses. La cave aussi est en l'état. Je n'ai pas remonté les livres après la guerre. Le cabinet de lecture est intact, comme le souvenir de

1f. **une eucharistie:** Abendmahlfeier.
2 **hébété, e:** ausdruckslos (Miene, Blick).
3 **criblé, e de balles** (f.): von Kugeln durchsiebt.
4 **saint Sébastien:** Hl. Sebastian; von Pfeilen durchbohrter christlicher Märtyrer.
6 **un assassinat:** Mord.
11 **le conjoint / la conjointe:** Ehegatte, Ehegattin.
la penderie: Kleiderablage.
13 **défunt, e:** verstorben, vergangen, verblichen.
16 **décrocher qc:** etwas abhängen.
17f. **poussiéreux, -euse:** staubig.
18 **la housse:** Kleidersack, Schonüberzug.
18f. **être en l'état:** so wie früher sein.

temps révolus et d'une de mes vraies périodes de bonheur. C'est mon musée, ma Berggasse. Je vais m'y reposer quand je trouve la vie injuste, pas tout à fait chaque fois sinon j'y passerais mes journées.

Avait-il tort, le curé? Le suicide de Claude n'était-il pas imputable au Juif que je cachais à fond de cale? Peu importait que Herman fût juif. C'était un homme. Il ne se plaignait pas d'être à la cave. Il lisait beaucoup. La lumière du jour parvenait par un minuscule soupirail que nous avions partiellement bouché pour raisons de sécurité. L'ouverture donnait sur l'arrière de la maison, le mur de séparation avec le jardin des Christophes n'était pas loin, personne n'empruntait ce passage étroit et sombre. Le sol, mousseux, ne voyait pas le soleil et le soupirail n'en captait jamais les rayons. Herman apprenait des poèmes entiers de Heine dans cette pénombre, pour s'exercer la mémoire. Il ne parlait pas l'allemand mais le comprenait bien. C'était à cause de cette langue, que j'avais prise pour du patois berlinois à la Gestapo. Herman parlait

1 **révolu, e:** vergangen.
2 **Berggasse:** Anspielung auf das Sigmund-Freud-Museum in Wien, Berggasse 19, Freuds Wohnung (und Praxis) bis zu seiner Emigration nach London 1938.
6 **être imputable à qn:** jdm. zur Last gelegt werden können.
à fond de cale (f.): hier: in den Tiefen des Kellers (*la cale:* Kiel, Schiffsrumpf).
10 **le soupirail:** Kellerfenster.
12 **le mur de séparation:** Trennmauer.
13f. **emprunter un passage:** einen Durchgang benutzen.
14 **mousseux, -euse:** moosbedeckt, bemoost.
15 **capter qc:** etwas erhaschen, abbekommen.
17 **s'exercer qc:** etwas trainieren.

le yiddish. J'avais cru que les Juifs pratiquaient la langue du pays où ils vivaient, comme madame Bloch, la mercière. Mais en Pologne, les Juifs ne parlaient pas le polonais, pas même l'hébreu. Le yiddish. Une langue sortie d'on ne sait où, et je la comprenais. On aurait dit de l'allemand un peu trafiqué, avec de-ci de-là des mots débarqués d'ailleurs, surgis comme des diables d'une boîte, et des tournures de phrases amusantes, un peu ridicules. En fait Herman connaissait déjà les poèmes de Heine par cœur, mais en yiddish. Il me les récitait.

A fikhtnbom shtayt anzam
In tsufn ergetsvi
Im shlefert: in de kalte shnay
Dekt vi a dek im tsi.

Er khulemt fin a palme
Vus shtayt in mizrekh-land
In troyert shtil in anzam
Dort of a felznvant.

Je connaissais le poème par cœur et le récitais souvent. *Ein Fichtenbaum steht einsam.* Mais il était dans une autre langue, si proche, si lointaine. Je compre-

1 **le yiddish:** Jiddisch; jüdische Volkssprache in Osteuropa, vor allem in Polen; Mischung aus Hebräisch, Slawisch und Deutsch, die heute noch von etwa 5 bis 6 Millionen Sprechern angewandt wird.
4 **l'hébreu** (m.): Hebräisch.
6 **trafiqué, e:** verfälscht.
7 **débarqué, e:** hier: stammend.
7f. **le diable d'une boîte:** Springteufel.
8 **la tournure:** (sprachliche) Wendung.

nais presque tous les mots, mais ils me faisaient rire, étrangement déformés. J'écoutais Herman réciter, je distinguais mal son visage dans la cave sombre, je sentais son odeur, celle du peu de savon de Marseille que je parvenais à marauder, mâtinée d'un peu de lui seul. Sa passion pour cette poésie s'entendait. J'aurais voulu attirer sa tête à moi pour l'embrasser. Je restais immobile, de pierre en apparence, de feu à l'intérieur, et je repassais les mêmes vers tels que Heine les avaient écrits:

Ein Fichtenbaum steht einsam
Im Norden, auf kahler Höh.
Ihn schläfert; mit weißer Decke
Umhüllen ihn Eis und Schnee.

Er träumt von einer Palme
Die, fern im Morgenland,
Einsam und schweigend trauert
Auf brennender Felsenwand.

Herman avait longtemps gardé une édition de la poésie de Heine dans la poche intérieure de son manteau, celle qu'il appelait sa *buzem-keshene*. C'était son livre de cœur. Il avait dû s'en séparer quand le maréchal Pétain avait promulgué le statut des Juifs, il évitait les signes extérieurs. Herman me dit que son

2 **déformé, e:** entstellt.
4 **le savon de Marseille:** Kernseife.
5 **marauder qc** (fam.): etwas entwenden, stibitzen.
mâtiné, e de qc: mit etwas vermischt.
23 **promulguer:** (Gesetz) verkünden.
le statut des Juifs: von den Nazis erlassenes Gesetz vom 3. Oktober 1940, das die Rechte von Juden gravierend einschränkte.

livre était caché sous le toit dans une maison au 6 de la rue Marceau, il y habitait à l'époque, dans une mansarde, chez madame Pelloux. Il avait laissé l'essentiel de sa bibliothèque à Paris, et un proche avait brûlé dans un poêle à charbon les quelques livres qu'il possédait lors de l'invasion allemande. Il ne lui restait que ce Heine, qui était peut-être encore chez madame Pelloux. Curieusement, je connaissais cette personne. Était-ce si étrange, la ville était petite? J'avais sa fille comme élève, en classe de troisième. Quand Herman a été démobilisé, il s'est trouvé une chambre en ville, il ne voulait pas rentrer à Paris tout de suite, il préférait voir venir. Plus tard, ses amis de Paris lui conseillèrent de ne pas rentrer, notre ville se situait en zone occupée mais on trouvait plus facilement à se nourrir en province, et à se cacher, le cas échéant. Il y avait la montagne, pas loin. Madame Pelloux n'était pas une méchante femme, son mari était mort au début des années 1930 des suites des gaz de Verdun, elle élevait seule sa fille unique, Monique. Après le statut des Juifs, elle a continué à louer la chambre à Herman, ce ne fut pas le cas de tout le monde. Herman a été arrêté chez elle, un matin au réveil, le jour où je l'ai trouvé à la Gestapo, mais il ne pensait pas avoir été dénoncé par madame Pelloux. Plutôt par le voisin, monsieur Besson, un professeur de lettres, un de mes collègues du lycée de garçons. Un homme très bien élevé.

5 **le poêle à charbon:** Kohleofen.
11 **démobiliser qn:** jdn. aus der Armee entlassen.
16 f. **le cas échéant:** gegebenenfalls.
19 f. **les gaz** (m., pl.) **de Verdun:** Gaskrieg bei Verdun (Lothringen) zwischen Deutschen und Franzosen von Februar bis Dezember 1916.

Je n'ai souvenir d'aucune réaction lorsque l'on découvrit dans le journal le statut imposé aux Juifs par le Maréchal. Je crois que nous l'avons pris comme l'une des innombrables lois qui ont été promulguées au début de l'Occupation. Il en tombait au moins une par semaine, qui venait influer sur notre vie quotidienne. Le statut des Juifs ne nous a pas touchés, nous n'en fréquentions aucun. Je fis même des découvertes à cette occasion, des gens dont je n'aurais pas imaginé, des gens très bien, Beaucaire, le pharmacien de la rue des Carmes, Lyon, un juge au tribunal. Il était marié avec une amie d'enfance de ma mère, mais elles s'étaient perdues de vue, Véronique Lecœur, que ma mère appelait la Vonique, je ne sais pas pourquoi. Rien ne distinguait ces Juifs-là des autres habitants de la ville, si ce n'est justement qu'ils nous étaient lointains car nous n'avions pas croisé leurs enfants ni au catéchisme, ni dans les écoles privées que nous fréquentions, ni aux scouts.

Je dis Les Juifs, les Juifs, mais qu'est-ce que ça signifie? «Les Juifs parlaient le yiddish en Pologne.» Qu'est-ce que j'en sais? Je ne l'ai lu dans aucun livre, c'est Herman qui me l'a dit. Pour lui, c'était un fait parce que, dans sa rue miteuse de Varsovie, on parlait

4 **innombrable:** unzählig, zahllos.
6 **influer sur qc:** auf etwas Einfluss haben, etwas beeinflussen.
8 **fréquenter qn:** mit jdm. Umgang pflegen.
18 **le catéchisme:** Religionsunterricht.
19 **les scouts** (m., pl.; angl.): Pfadfinder.
24 **miteux, -euse:** ärmlich, erbärmlich.
Varsovie: Warschau.

yiddish. Et ailleurs, à Cracovie, dans les beaux quartiers, dans les villes d'eau? J'ai lu quelque part que le grand poète polonais Julian Tuwim était juif. Comment est-il devenu un grand poète polonais alors? En parlant yiddish avec sa grand-mère?

Je voulus récupérer ce livre de Heine. Il me fallait ce trésor de guerre. Je ne dis rien à Herman car je voulais lui faire la surprise. J'ai mis longtemps à élaborer une tactique. Madame Pelloux ou Monique ne devaient en aucun cas se douter que je connaissais Herman. Je savais comment pénétrer dans la maison, Monique était mon élève, il me serait facile de trouver un prétexte, mais comment accéder à la chambre sous les toits? La porte devait être fermée à clé, à moins qu'elle ait été relouée depuis l'arrestation de Herman.

Monique n'avait pas attiré mon attention jusqu'alors. C'était une élève quelconque. Elle abordait l'allemand comme une matière scolaire à apprendre et se contentait de faire le nécessaire pour obtenir la moyenne. Mes collègues des autres disciplines en donnaient la même description: une enfant sans passions connues, éteinte, un rien solitaire, un peu trop choyée

1 **Cracovie:** Krakau.
3 **Julian Tuwim:** polnischer Dichter (1894–1953).
6 **vouloir récupérer qc:** etwas ergattern, zurückhaben wollen.
8 **élaborer qc:** etwas ersinnen, ausdenken.
10 **se douter de qc:** etwas ahnen.
15 **relouer qc:** etwas wieder vermieten.
une arrestation: Verhaftung, Inhaftierung.
17 **quelconque:** hier: durchschnittlich, gewöhnlich.
20 **la discipline:** hier: (Schul-)Fach.
22 **éteint, e:** hier: unauffällig.
choyer qn: jdn. verwöhnen, verziehen.

par sa mère qui ne cultivait aucune ambition pour sa fille. Rien qui pût motiver un intérêt de ma part. Par pur calcul, je commençai à la distinguer en classe. Je passais davantage de temps sur ses copies et je relevais plus volontiers les bonnes idées que les lourdeurs. De temps à autre, à la fin du cours, je lui demandais de venir me voir afin de lui exprimer ma satisfaction de la voir progresser. Ce nouveau regard porté sur elle ne tarda pas à influer sur son attitude. Elle en fut d'abord perturbée, semblant ne pas savoir comment négocier cette sortie de l'ombre où elle s'était installée. Mais comme n'importe quel être humain en pareil cas, elle ne tarda pas à répondre à mes subites marques d'intérêt. Sa passion croissait pour la langue allemande. À la surprise générale, elle devint l'une des élèves les plus appliquées de la classe, de sorte que je finissais par la trouver moins ingrate malgré ses boutons et ses nattes pleines de pellicules. J'avais un premier objectif: me faire inviter à boire le thé chez sa mère, j'aviserais alors comment accéder aux combles de la maison. Mais Monique me facilita

1 **une ambition:** Ehrgeiz.
4f. **relever qc:** etwas hervorheben, betonen.
5f. **la lourdeur:** Schwerfälligkeit, Umständlichkeit.
10 **perturbé, e:** verwirrt.
11 **négocier qc:** hier: mit etwas umgehen.
14 **croître:** wachsen, zunehmen.
17 **ingrat, e:** unansehnlich.
18 **le bouton:** Pickel.
la natte: Zopf.
la pellicule: (Haar-)Schuppe.
19 **un objectif:** Ziel.
20 **aviser:** überlegen.
21 **les combles** (m., pl.): Dachgeschoss.

la tâche. Elle avait aimé un poème de Schiller étudié en classe, *Das Mädchen aus der Fremde*. J'avais éveillé cette enfant de mon regard d'adulte, au point qu'elle s'était identifiée, je me plaisais à le croire, à la jeune fille du poème.

L'approcher rendait bienheureux
Et tous les cœurs se dilataient,
Mais une dignité, une grandeur,
Empêchait qu'on fût familier.

Elle me demanda de lui procurer un volume de ses poésies. J'acceptai, me disant que je trouverais un moyen de mettre ce prêt à profit pour approcher mon but. Je lui prêtai une édition écrite en gothique, publiée à Berlin en 1934, en l'honneur, comme l'indiquait la page de titre, du protecteur des lettres allemandes, le *Reichsminister für Volksaufklärung und Propaganda* Dr Joseph Goebbels. Des collègues me l'avaient offerte pour mon mariage.

Quelques semaines plus tard, sous prétexte d'un besoin urgent du recueil des poèmes de Schiller, je téléphonai un dimanche en ayant soin d'attendre que madame Pelloux et sa fille fussent rentrées de la messe. Je me fis inviter à boire le thé l'après-midi même. La maison était un rien sombre, conforme à l'idée que je me faisais de l'intérieur où avait succombé un gazé de

7 **se dilater:** (fig.) aufgehen, weiter werden.
12 **le prêt:** Leihgabe.
13 **en gothique:** in gotischer Schrift, in Fraktur.
20 **le recueil:** (Gedicht-)Sammlung.
25 **le gazé:** Gasopfer.

la Grande Guerre, napperons en dentelle, rideaux tristes. Un plat à barbe ornait l'entrée. Il déclarait péremptoire «Ce que Diable ne peut, femme le fait». Je dis à madame Pelloux tout le bien que je pensais de sa fille, ce n'était pas tout à fait vrai, mais récupérer le livre de Herman valait plus cher que la vérité. Monique s'épanouissait sous les rayons de mon intérêt feint, sa mère me dit son bonheur de voir sa fille métamorphosée et tant pis si elle ne comprenait rien à la poésie allemande, j'apporterais son livre à Herman comme un trophée de guerre, je pourrais me coiffer ce jour-là d'un bonnet phrygien. Chacun y trouvait son compte. Au cours de la conversation, je sus que madame Pelloux vivait seule dans la maison avec Monique. Elle n'avait pas reloué la chambre de Herman.

Une fin d'après-midi de février, alors que j'avais donné ma dernière leçon de la journée à la classe de Monique, j'ai prié celle-ci de rester après le cours, sous prétexte de lui suggérer de nouvelles lectures poétiques. À la période romantique, les figures écrasantes de Goethe et Schiller (je dus omettre Heine pour ne

1 **la Grande Guerre:** Erster Weltkrieg (1914–18).
le napperon en dentelle (f.): Spitzendeckchen.
2 **le plat à barbe** (f.): Rasierbecken.
2f. **péremptoire:** keinen Widerspruch duldend.
7 **s'épanouir:** hier (fig.): aufblühen.
8 **feint, e:** vorgetäuscht, gespielt (zu *feindre:* heucheln, vorgeben).
8f. **métamorphosé, e:** verwandelt.
11f. **se coiffer de qc:** etwas (Kopfbedeckung) aufsetzen.
12 **le bonnet phrygien:** Jakobinermütze.
12f. **trouver son compte:** auf seine Kosten kommen.
19 **suggérer qc à qn:** jdm. etwas vorschlagen.
21 **omettre qc:** etwas unterlassen, auslassen.

pas me compromettre) avaient estompé certaines œuvres remarquables de rythme et de sensibilité, Müller, Bürger et quelques autres. Nous engageâmes une conversation sur le sujet. À vrai dire, il s'agissait d'un monologue, car Monique n'était pas l'interlocutrice d'un tel débat. Sa connaissance de la langue était trop limitée pour qu'elle pût goûter la littérature. Elle exultait car je l'avais distinguée. Elle croyait exister. Et moi, fourbe, je la retenais en attendant la nuit. Au bout d'une heure de conversation, m'efforçant d'exprimer ma passion pour certains poèmes (c'était un peu obscène de livrer ces émotions à un être lointain et que je désirais si peu connaître, dans le fond), j'ai tourné la tête vers la fenêtre et j'ai fait mine de m'étonner de la nuit tombée. Monique ne comprenant pas ma contrariété, je lui expliquai comme je craignais de rentrer chez moi, une voisine ayant été retrouvée morte deux semaines auparavant, une balle dans la peau, devant la grille du jardin de ville que je devais longer. On ne savait pas si le meurtrier était un soldat allemand un peu éméché ou un terroriste dé-

1 **se compromettre:** hier: sich verraten.
estomper qc: etwas verblassen lassen, verdrängen.
2 **Müller:** Johann Gottwerth M. (1743–1828), deutscher Dichter und Schriftsteller.
3 **Bürger:** Gottfried August B. (1747–94), deutscher Dichter.
3f. **engager une conversation:** ein Gespräch beginnen.
5 **un interlocuteur / une interlocutrice:** Gesprächspartner(in).
6 **le débat:** Diskurs.
8 **exulter:** frohlocken.
9 **fourbe:** listig.
13 **dans le fond:** im Grunde.
16 **la contrariété:** Unbehagen.
21 **éméché, e:** angetrunken, beschwipst.

rangé dans une mission de sabotage (je ne connaissais pas suffisamment Monique pour utiliser le terme de résistant). Monique me proposa de dormir chez elle, il n'y avait que la rue à traverser, je ne craignais rien, et la chambre du deuxième était libre depuis le départ de monsieur Herman. J'étais comme une chienne de chasse qui entend une perdrix bruire dans les feuilles: elle tend l'oreille, relève le museau. Son œil s'anime d'un appétit de Diane chasseresse, sa truffe mouille. Je m'efforçai de garder mon calme pour demander l'air de rien: Monsieur qui? Monique me dit Le locataire de ma mère, un monsieur qui n'est pas venu dormir depuis longtemps. Elle avait prononcé le nom de Herman sans émotion, sans un mouvement de sourcil, c'était singulier, ce nom dans sa bouche, presque neutre. Cette adolescente ne s'était-elle jamais émue pour le pensionnaire? Comment avait-elle pu résister chaque jour au charme de ce grand Juif aux yeux bleus, avec sa voix grave, ses épaules larges et ses mains généreuses? Comment pouvais-je savoir ce

7 **la perdrix:** Rebhuhn.
bruire: ein Geräusch verursachen, rascheln.
8 **tendre l'oreille:** die Ohren spitzen.
le museau: Schnauze.
9 **Diane:** Diana; römische Göttin der Jagd.
le chasseur / la chasseresse: Jäger(in).
la truffe: (schwarze) Hundenase.
mouiller: nass werden.
11 **l'air de rien** (adv.): beiläufig.
14f. **sans un mouvement de sourcil** (m.): ohne mit der Wimper zu zucken (*le sourcil:* Augenbraue).
16 **une adolescente:** junges Mädchen.
16f. **s'émouvoir pour qn:** für jdn. schwärmen (*émouvoir:* rühren, ergreifen).
20 **généreux, -euse:** großzügig.

qu'elle avait ressenti pour lui? Je n'ai pas osé lui poser la question, je lui enseignais l'allemand. Officiellement, je ne connaissais pas ce Herman qui avait disparu derrière les grilles de la Gestapo. Je dis Je ne peux pas, on ne sait jamais, il peut justement rentrer dormir ce soir. Elle dit Non, c'est impossible. Je dis Pourquoi? Elle rougit. Je veux dire, la nuit est tombée, s'il avait dû arriver, il serait déjà là. Elle savait qu'il ne rentrerait pas. Elle savait sans le dire que l'on ne revenait pas de la Gestapo. Mais où l'imaginait-elle? Dans un cachot, dans un camp de travail? Certainement pas au fond de ma cave, vêtu de mes sous-vêtements ou de ceux de Claude, goûtant Heine dans le texte. J'ai fait mine d'accepter l'invitation de Monique à contrecœur.

Quant à madame Pelloux, on aurait dit que Louis XIV avait décidé de passer la nuit chez elle, Néfertiti venait dîner ce soir. Le repas fut frugal, c'était la guerre et madame Pelloux n'était pas du genre à se fournir au marché noir, mais ses gestes n'étaient qu'obséquiosité à mon égard. Elle refusa que je paie mon repas et finit par accepter les tickets de pain que

1 **ressentir qc pour qn:** etwas für jdn. empfinden.
11 **le cachot:** Kerker, Verlies.
15 **à contrecœur:** widerwillig.
17 **Néfertiti:** Nofretete; ägyptische Königin des 14. Jh.s v. Chr.; Gemahlin Echnatons.
18 **frugal, e:** schlicht, einfach (Mahlzeit).
20 **se fournir:** sich versorgen, sich eindecken.
21 **une obséquiosité:** Dienstfertigkeit, übertriebene Ehrerbietung.
à l'égard (m.) **de qn:** jdm. gegenüber.
22 **le ticket de pain:** Brotmarke.

je lui proposai. J'étais avare de ces coupons d'ordinaire car je devais nourrir deux personnes sur mes rations, mais ce n'était pas le moment de lésiner sur les moyens, je touchais au but. Nous avons parlé de choses et d'autres pendant le repas, surtout pas de la guerre. En ces temps, les gens qui se connaissaient à peine évitaient d'aborder le sujet. Un propos pouvait être amplifié, déformé, donner lieu à interprétation abusive, une cédille dénonçait. Nous avons parlé des environs de notre ville, des randonnées à faire aux beaux jours, de la neige abondante l'hiver précédent, du tramway et des voitures à gazogène. Madame Pelloux raconta les dimanches d'hiver de sa jeunesse. L'ascension de la montagne jusqu'à la croix de Primavère, skis sur l'épaule, le casse-croûte au pied de la croix puis la grande descente jusqu'à la vallée. Retour en tramway vers quatre heures et une bonne gratinée avant d'aller se coucher. Vers neuf heures, j'ai pris congé sous le prétexte que je devais corriger un paquet de copies pour le lendemain. Madame Pelloux me dit que ma chambre n'était pas chauffée, j'aurais du mal à travailler dans le froid. Je répondis J'ai l'ha-

3 **lésiner:** knausern.
8 **amplifier qc:** etwas aufbauschen.
donner lieu à qc: zu etwas Anlass geben.
9 **abusif, -ive:** hier: falsch.
la cédille (fig.): hier: kleinste Kleinigkeit.
10 **la randonnée:** Ausflug, Wanderung.
11 **abondant, e:** reichlich, üppig.
14 **une ascension:** Besteigung, Ersteigen.
14 f. **Primavère** (ital. *primavera*): Frühling.
15 **le casse-croûte:** Imbiss, Vesper.
19 f. **un paquet:** hier: Stapel.

bitude, par les temps qui courent. Elle dit que pour la nuit, je ne devais pas m'inquiéter, Monique me monterait une bouillotte. Elle me mena jusqu'au deuxième étage. Là, elle ouvrit l'unique porte, la chambre de Herman, une mansarde dont la fenêtre en chien assis donnait vraisemblablement sur la rue. Elle me laissa quelques instants, le temps d'aller chercher une chemise de nuit, une serviette et une main à toilette. Elle me proposa de me monter une tisane, un peu plus tard, j'ai accepté pour ne pas la froisser mais j'ai dit que finalement, je n'allais pas corriger mes copies, alors pour la tisane … Sans porter attention à mes dires, elle sortit pour demander à Monique de préparer tout de suite la tisane et la bouillotte. Elle me souhaita bonne nuit, Monique ne tarda pas à arriver avec ses ersatz de chauffage, j'avais un pot de chambre à ma disposition car les toilettes étaient dans la cour qui donnait sur le derrière de Saint-Louis, c'était un peu embarrassant cette proximité provoquée avec une élève et sa mère, mais du côté des vases de nuit, je ne craignais plus l'impudeur, après les vidanges quotidiennes de celui de Herman et les trésors de discrétion dont je devais faire preuve pour entretenir un

1 **par les temps qui courent:** in diesen Zeiten, in heutiger Zeit, heutzutage.
5 **la fenêtre en chien:** Dachluke.
9 **la tisane:** Kräutertee.
10 **froisser qn:** jdn. kränken.
12 f. **les dires** (m.): Worte.
19 **embarrassant, e:** unangenehm.
la proximité: Nähe.
20 **les vases** (m., pl.) **de nuit:** Nachtgeschirr.
21 **une impudeur:** Schamlosigkeit (dazu: *impudique*).

homme et toutes les fonctions organiques dont il n'avait pu se défaire en entrant dans la cave. Je rêvais parfois qu'il eût été plus fonctionnel de sauver un serpent: j'aurais déniché une souris tous les dix jours, je lui aurais donné en pâture, il aurait passé la décade suivante à la digérer, sans bruit, dans un coin de la cave, et au bout de ce temps, j'aurais trouvé une petite pelote sèche, un amas inodore d'os et de poils qu'il aurait expulsé. J'aurais presque pu lui tricoter une couverture avec les poils de la souris, tout se recycle.

Monique sortit en me souhaitant une bonne nuit. Elle aurait voulu rester, c'était certain, glaner quelques minutes supplémentaires de ma présence. Je fis mine d'être aveugle à son désir. J'ai fermé la porte derrière elle, j'avais la nuit entière pour retrouver le livre de Heine. J'ai entamé mes investigations. J'ai fouillé la chambre en prenant garde de faire le moins de bruit possible, j'avais dit que je me coucherais tôt. J'ai commencé par les coins les plus reculés, Herman

1 **la fonction organique:** körperliches Bedürfnis.
3 **fonctionnel, le:** praktisch, leicht zu bewerkstelligen.
4 **dénicher:** hier: (Maus) fangen.
5 **la pâture:** Nahrung, Atzung.
la décade: hier: zehn Tage.
6 **digérer qc:** etwas verdauen.
7 f. **une petite pelote:** Bällchen.
8 **un amas:** Haufen.
inodore: geruchlos.
9 **expulser qc:** etwas ausscheiden.
10 **se recycler:** wiederverwertet werden.
12 **glaner qc:** hier: etwas erhaschen.
13 **supplémentaire:** zusätzlich.
16 **une investigation:** Nachforschung.
17 **fouiller qc:** etwas durchsuchen, durchwühlen.
19 **reculé, e:** abgelegen, entlegen.

n'aurait pas rangé le livre dans un des tiroirs du bureau. J'ai très vite retrouvé un volume, derrière une poutre de la charpente. Mais il n'était pas en yiddish, écrit dans les mêmes caractères que ceux qui entouraient le porche de la synagogue de la rue Thiers, de l'hébreu. Herman avait dû confondre. Il aurait détruit par erreur le Heine et conservé un livre de prières. Ou alors sa mémoire le trahissait, le Heine devait être autre part (il me semblait exclu de brûler le plus grand des poètes allemands). Je tenais le volume entre les mains et je l'ouvris. Les caractères hébraïques étaient tordus, baroques, assez beaux finalement, mais je supportais mal de ne pouvoir déchiffrer. Pourquoi les Juifs avaient-ils besoin de maintenir cet alphabet hors d'âge, si ce n'est à des fins occultes, alors que le monde civilisé s'était rallié depuis longtemps à l'alphabet latin? J'observai ce livre encore, et je me rendis compte que les numéros des pages étaient à l'envers, la tête en bas. C'était un signe encore de l'inquiétante étrangeté de ces Juifs, compter les pieds au mur. Pourtant, cette explication ne tenait pas plus de quelques secondes après la première réaction de surprise. C'était les lettres, bien sûr, qui étaient à l'en-

3 **la poutre:** Balken.
la charpente: Gebälk.
5 **le porche:** hier: Portal.
9 **exclu, e:** ausgeschlossen.
12 **tordu, e:** verschnörkelt.
baroque: barock.
15 **hors d'âge:** veraltet.
occulte: okkult, verborgen.
16 **se rallier:** hier: sich verständigen, sich einigen.
18 f. **à l'envers:** umgekehrt, auf dem Kopf.

vers, je tenais le livre dans le mauvais sens. Je l'avais ouvert, par habitude, couverture à gauche, mais l'hébreu s'écrivait de droite à gauche, il était logique d'ouvrir un livre dans l'autre sens. Les Juifs n'écrivaient donc pas les chiffres la tête en bas, mais ils faisaient pire: ils ouvraient les livres à l'envers.

Je repris le volume dans le bon sens, la sensation était désagréable, comme une atteinte à mon éducation, aux grands hommes qui avaient fait la culture de l'Europe, la France, l'Allemagne et quelques autres, Montaigne, Luther, Hugo, Leibniz, Spinoza, Goethe et Heine lui-même. J'avais lu dans la presse, entendu à l'église que le Talmud était un livre pervers, je devais avoir une sorte de Talmud entre les mains, mais comment Herman, un homme si délicat, pouvait-il se livrer à de telles lectures?

Où étais-je? Au milieu d'une chambre qui n'était pas la mienne, dans la maison de l'une de mes élèves, tenant entre les mains le Talmud en hébreu d'un Juif que j'aimais. J'ai serré le livre contre ma poitrine, comme un corps que l'on veut étreindre. J'embrassais plus de vide que de chair, mais c'était un peu de Herman, tout de même. Le bout de mes doigts était glacé. Je commençais à frissonner. Je devais me coucher pour profiter de la bouillotte encore chaude. Je bus la tisane, petit réconfort brûlant dans mon trouble, j'en-

1 **dans le mauvais sens:** falsch herum.
8 **une atteinte:** Angriff.
13 **le Talmud:** Name der beiden großen zu den Heiligen Schriften der Juden gehörenden Literaturwerke.
21 **étreindre qn:** jdn. umarmen.
24 **frissonner:** erschaudern.
26 **le réconfort:** Trost.

filai la chemise de nuit, à qui appartenait-elle? et je me glissai dans le lit chauffé. Je repris ce drôle de livre en l'ouvrant par le début, et face à la page de titre, je découvris une mention en lettres latines:

Heinrich Heine
Gedichte
Verlag Neuland (S. J. Imber), Wien, 1920

C'était le Heine de Herman. Le yiddish s'écrivait donc comme l'hébreu, de droite à gauche, en caractères hébraïques. Mais alors, comment pouvait-il ressembler à de l'allemand? Je restai un temps à scruter les pages qui ne me livraient plus grand-chose. Je détestais ne pouvoir entrer en lecture, ces Juifs m'agaçaient avec leur écriture secrète. Par dépit, je finis par éteindre la lumière mais je peinai à trouver le sommeil. Ces caractères abscons me tracassaient. Malgré tout, avant de m'endormir, je me fis du bien. N'avais-je pas mérité ce rapide plaisir?

Le lendemain, je ne devais pas avoir la mine très fraîche lorsque je pris congé de madame Pelloux et de Monique, après le petit déjeuner. Je n'avais pas cours de la matinée, de sorte que je pris le chemin de la

4 **la mention:** Erwähnung; hier: Hinweis.
12 **livrer qc:** hier: etwas verraten, Aufschluss über etwas geben.
14 **le dépit:** Trotz.
15 **peiner à faire qc:** nur mühsam etwas machen, Schwierigkeiten haben, etwas zu tun.
16 **abscons, e:** schwer verständlich, unklar.
tracasser qn: jdn. quälen, verfolgen.

maison. Ma mère astiquait la cuisine, elle me dit qu'elle avait été inquiète de ne pas me voir rentrer la veille au soir, ce n'était pas dans mes habitudes de disparaître sans crier gare. Je ne lui dis pas où j'avais dormi. Elle n'insista pas, j'étais adulte. Elle s'imagina peut-être que je fréquentais, j'avais le droit, mon deuil était officiellement terminé, et la conduite de ma sœur Anne me laissait une certaine latitude. Ce n'est pas ce que tu penses. Je n'avais pas passé la nuit dans les bras d'un être aimé, j'avais seulement tenté de percer une partie de son mystère.

Herman avait dû se demander pourquoi je ne lui avais pas rendu visite la nuit précédente, mais il attendrait avant d'avoir une explication, je ne pouvais pas descendre à la cave ce matin-là car ma mère était dans sa cuisine. Ma sœur devait dormir mais elle ne tarderait pas à se réveiller. Herman patienterait jusqu'au soir avant que je vienne vider son vase de nuit, et pour la nourriture, j'avais pris garde de lui descendre une copieuse portion la veille, de quoi tenir une journée sans difficulté. J'ai regagné ma chambre, j'ai fermé la porte à clé, j'ai déposé le Heine sur mon bureau, j'ai ouvert le *Larousse encyclopédique* à la page

1 **astiquer qc:** etwas gründlich putzen, wienern.
4 **sans crier gare:** mir nichts, dir nichts.
6 **fréquenter:** hier: ein Verhältnis haben.
8 **la latitude:** Spielraum.
11 **percer un mystère:** ein Geheimnis durchdringen, lüften.
20 **copieux, -euse:** reichlich, üppig (Mahlzeit).
23 **Larousse:** bekannter französischer Verlag, vor allem für Wörterbücher und Enzyklopädien.
encyclopédique: enzyklopädisch, umfassende Kenntnisse vermittelnd.

Alphabet hébraïque et j'ai commencé à déchiffrer. J'ai pris le livre au hasard, c'était page 46. J'avais l'index droit collé sur la première lettre. De l'index gauche, je cherchais son jumeau dans le tableau du Larousse. Chin, comme ch. Puis Ayin, e. Noun, n. Ayin, e. Au bout de quelques minutes, j'avais le premier mot:

שענע

Shene. Puis le deuxième: vig. Je ne tardais pas à posséder le premier vers: shene vig fun meyne leyden. Très vite, j'eus la première strophe, que je transcrivis sur une feuille de papier pour essayer de la lire d'une traite:

shene vig fun meyne leyden
shener kvr fun meyn ruh
shene shtodt, ikh muz zikh sheyden, –
zey gezund! vinsh ikh dir tsu.

J'avais appris ce chant en classe terminale, je me souvenais que j'avais dû le retenir par cœur en préparation de l'épreuve du baccalauréat. Un chant d'amour et de nostalgie, un homme quitte le lieu de sa naissance et sa bien-aimée. Les mots allemands me revenaient, que je récitais entre mes dents:

4 **le jumeau:** hier: Pendant, Entsprechung.
11 **transcrire qc:** etwas übertragen.
12f. **lire d'une traite:** in einem Zug (durch)lesen.
18 **le chant:** (feierlicher) Gesang, Hymnus.
la classe terminale: Abschlussklasse, 12. Klasse des Gymnasiums.
20 **une épreuve:** hier: (schulische) Prüfung.
21 **la nostalgie:** Nostalgie, Sehnsucht, Wehmut (dazu: *nostalgique*)

Schöne Wiege meiner Leiden,
Schönes Grabmal meiner Ruh,
Schöne Stadt, wir müssen scheiden
Lebe wohl! ruf' ich dir zu.

La musique que Robert Schumann avait composée pour ce *lied* me courait dans la tête, celle que nous avons écoutée tout à l'heure. *Schöne Wiege meiner Leiden* … En me repassant la mélodie, je me remémorais quelques images d'un concert auquel j'avais assisté en compagnie de Hans-Joachim, aux environs de Heidelberg, en 1930. Le chanteur, une belle voix de baryton, les cheveux grisonnants, la main posée sur le bord du piano, fermait les yeux après chaque *lied* comme pour mieux rassembler ses esprits avant d'affronter le suivant. Sa manière de se prendre au sérieux était presque comique, mais nous étions en Allemagne, la musique y était chose grave, trop sans doute, il ne fallait pas rire. La pianiste était très jeune, vingt ans peut-être, et les spectateurs, à part Hans-Joachim et moi, des aristocrates allemands. Le concert était donné dans le salon de musique d'un château, au milieu d'une forêt. Je ne me souviens plus comment il nous avait été donné d'assister à ce concert, l'un de nos professeurs était-il parent de la

8 **se repasser qc:** sich etwas vergegenwärtigen.
8 f. **se remémorer qc:** sich an etwas erinnern, sich etwas ins Gedächtnis zurückrufen.
12 **le baryton:** Bariton, männliche Stimmlage zwischen Tenor und Bass. **grisonnant, e:** angegraut, grau meliert.
14 **rassembler ses esprits** (m., pl.): sich (geistig) sammeln.
15 **affronter qc:** hier: etwas anpacken, beginnen.
24 **parent, e de qn:** mit jdm. verwandt.

baronne à plumes d'émeu qui nous recevait? La pianiste était-elle une amie de Hans-Joachim? Ce détail s'est perdu sur les chemins de ma mémoire. Je me souviens de l'arrivée de nuit. Nous étions venus à pied, plus d'une heure de marche. Devant le château, de somptueuses voitures attendaient, chacune avait son chauffeur. C'était très intimidant. Nous faisions «Mon curé chez les riches», une expression de ma mère qui me vient à l'esprit quand je pense à cette soirée. Je me souviens surtout de la cuisse de Hans-Joachim frôlant la mienne, et du chanteur avec ses manières.

La musique m'était restée très présente car mon ami allemand m'avait offert un disque que j'ai longtemps repassé sur le gramophone de mes parents jusqu'à ce qu'il fût inaudible, usé. *Schöne Wiege meiner Leiden*. Récemment, je me suis racheté un disque, la même interprétation, mais en Compact, celui que je viens de passer. Une version remastérisée, comme on dit, repasteurisée. Un technicien a passé des heures devant un ordinateur pour supprimer les craquements, le vendeur auquel j'ai acheté ce disque avait

1 **le baron / la baronne:** Baron(in).
la plume d'émeu (m.): Emufeder.
6 **somptueux, -euse:** prächtig, prachtvoll, luxuriös.
7 **intimidant, e:** einschüchternd.
12 **les manières** (f., pl.; péj.): hier: geziertes Getue.
16 **inaudible:** unhörbar.
18 **en Compact** (m.): auf CD.
19 **remastérisé, e:** mit moderner digitaler Tontechnik aufgenommen, neu eingespielt (von engl. *remastered*).
20 **repasteurisé, e** (iron.): wörtl.: wieder keimfrei gemacht.
21 f. **le craquement:** Knistern.

un brevet en restauration de documents sonores, il m'a dit que les craquements s'appellent des clics et des clocs (ou des cliques et des cloques, je ne les ai trouvés dans aucun dictionnaire). Pour repasteuriser, on vire les clics et les clocs d'un coup de souris et toc! ou plutôt clic! le disque ne craque plus, il reste la musique. Dans ma jeunesse, le disque craquait. Ne peut-on pas avoir une version craquante, monsieur le spécialiste? J'avais dit une grossièreté. Je voulais le beau berceau de mes souffrances, l'authentique, la belle sépulture de mon repos, les mêmes avec leurs clics et leurs clocs, le salon du Bade-Wurtemberg et les baronnes condescendantes qui sont livrées avec. Et Hans-Joachim à mes côtés, sa cuisse contre la mienne. Le poète a pris congé de sa ville natale, *Belle cité nous devons nous quitter*. Quant à moi, je n'ai pas souhaité bon vent à Hans-Joachim. Notre correspondance s'est noyée dans les tourbillons des années 1930 et je n'ai pas su ce qu'il est devenu. Deuxième énigme.

שענע וויג פון מיינע ליידען
שענער קבר פון מיין רוה
שענע שטאָדט, איך מוז זיך שיידען
זיי געזונד ! ווינש איך דיר צו.

1 **le brevet:** Diplom.
5 **virer qc:** hier: etwas entfernen, wegklicken.
le coup de souris: (Computer-)Mausklick.
9 **la grossièreté:** Grobheit.
10 **le berceau:** Wiege.
authentique: authentisch, echt, unverfälscht.
10f. **la sépulture:** Grab(stätte).
13 **condescendant, e:** huldvoll.
18 **se noyer:** ertrinken; hier (fig.): enden, untergehen.
les tourbillons (m.): Wirren, Turbulenzen.

J'arrivais à lire Heine en yiddish. Je n'osais pas le réciter, c'était trop neuf, comment savoir si ma prononciation était la bonne? J'ai toujours été d'une grande exigence en ce qui concerne les langues étrangères, pour les autres et pour moi, déformation professionnelle. J'ai répété plusieurs fois jusqu'à connaître la strophe par cœur. Je me préparais pour Herman. Je voulais lui apporter ce poème comme une offrande. Dans le journal, on voyait souvent des photographies d'enfants qui récitaient un compliment au Maréchal. J'avais dix ans tout à coup et je me préparais pour mon héros captif. J'avais mis la matinée à déchiffrer cette strophe, mais je butais sur les mots, j'avais le rythme allemand dans la tête, la musique de Heine et les notes de Schumann, et les vers yiddish ne semblaient pas les respecter. L'après-midi, au lycée, Monique chercha mon regard pour entretenir une connivence. Au début du cours, je lui ai souri, et j'ai passé le reste de l'heure à l'éviter: la famille Pelloux était derrière moi, je n'en avais plus besoin. Néanmoins, j'allais devoir continuer à feindre l'intérêt pour Monique, afin de ne pas subir sa déception. Envie et jalousie emplissaient les cachots de cette guerre sans scrupule.

3f. **être d'une grande exigence** (f.): sehr anspruchsvoll sein.
5f. **la déformation professionnelle:** Berufskrankheit.
8 **une offrande:** Opfergabe.
12 **captif, -ive:** gefangen.
13 **buter sur qc:** über etwas stolpern, sich an etwas stoßen.
17f. **entretenir une connivence:** Vertrautheit aufrechterhalten.
20 **néanmoins:** trotzdem.
23 **emplir qc:** etwas erfüllen.

J'ai dîné à la table familiale, en tête à tête avec ma mère. Anne était absente. Elle devait accueillir Danielle Darrieux revenue radieuse de son voyage à Berlin, à moins qu'il se fût agi ce soir-là d'une autre participation de taille à l'effort de guerre. Nous avons parlé de tout et de rien avec Maman. Elle posait des questions sur le lycée, je lui répondais. J'ai demandé s'il y avait des nouvelles de Papa. Elle n'avait pas reçu de lettre mais la dernière datait d'à peine cinq jours. Mon père semblait en bonne forme. Il mangeait à sa faim, c'était important. Il n'allait pas rentrer de sitôt, en trop bonne santé: seuls les malades étaient rapatriés.

Nous avions supprimé le café du soir, à cause de la pénurie. Ma mère n'était pas du genre à boire de la tisane, alors nous revendions à d'autres le tilleul que nous cueillions au jardin. J'ai proposé à ma mère de faire la vaisselle. Elle monta se coucher.

En Allemagne, mon père a eu une maîtresse. Au bout de quelques semaines au stalag, il a été envoyé chez un paysan pour aider au travail de la ferme. Comme celui-ci habitait à bonne distance du stalag, mon père couchait sur place et devait se signaler ré-

2 f. **Danielle Darrieux:** französische Schauspielerin (geb. 1917).
5 **de taille** (f.): bedeutend.
11 f. **ne … pas … de sitôt:** nicht so bald, nicht so schnell.
13 **rapatrier qn:** jdn. ins Herkunftsland zurückschicken.
15 **la pénurie:** großer Mangel, Knappheit.
16 **le tilleul:** Linde; hier: Lindenblüten (für Tees).
20 **le stalag:** Gefangenenlager (Abk. für »Kriegsgefangenen-Mannschafts-Stammlager«, vor allem an der Ostgrenze Deutschlands und in Polen).
23 **se signaler:** sich melden.

gulièrement aux autorités chargées de la surveillance des prisonniers. Fin 1943, le paysan allemand a été mobilisé. Ses fils étaient au front depuis belle lurette. Mon père est resté seul à faire tourner la ferme, avec la fermière, et de fil en aiguille il a fini dans son lit. Bien entendu, mon père ne nous a pas raconté cette histoire à son retour. Il nous a dit que la vie n'était pas rose, que sa maison lui manquait, ses montagnes aussi. Les Allemands chez qui il était consigné étaient des rustres. On y mangeait à même la table. Les assiettes, des trous pratiqués dans le bois que l'on remplissait de nourriture. Pas de vaisselle à faire, juste un coup de torchon à donner pour le service suivant, et bonjour l'hygiène. Mais c'était une minuscule épreuve en regard de ce que d'autres ont enduré.

Jusque-là, cette histoire ressemblait au petit livre en tissu de mon enfance. Mes parents l'appelaient le livre en patte, un mot du patois de leurs grands-parents. On y voyait le cochon sur une page, la vache

3 **mobiliser qn:** jdn. (zur Armee) einziehen, rekrutieren.
depuis belle lurette (fam.): seit geraumer Zeit.
4 **faire tourner qc:** etwas umtreiben.
5 **de fil** (m.) **en aiguille** (f., fig.): nach einer Weile, mit der Zeit
9 f. **être consigné, e chez qn:** jdm. zugewiesen, zugeteilt werden, sein.
10 **le rustre** (péj.): Bauerntölpel.
10 f. **manger à même la table:** direkt vom Tisch (d. h. ohne Teller) essen.
11 **pratiqué, e:** ausgehöhlt.
13 **donner un coup de torchon:** kurz drüberwischen.
14 **et bonjour l'hygiène** (f.) (fam.): und das war's schon in punkto Hygiene.
16 **endurer qc:** etwas aushalten, mitmachen.
18 f. **le livre en patte** (patois): etwa: Lappenbuch.

sur une autre, la brebis, la basse-cour avec ses poules, son coq et ses petits poussins, une fermière blonde partant aux champs d'un pas alerte, un panier sous le bras, un petit garçon ramassant les œufs tout sourire. Le livre n'invitait pas ses jeunes lecteurs dans le lit de la fermière, pour savoir ce que mon père y avait fait. J'appris bien plus tard la fin de l'histoire, après la mort de ma mère. Je cherchais une voiture d'occasion. J'ai fait affaire avec un vieil assureur manchot. On disait aux enfants, pour leur faire peur, qu'il avait perdu le bras en le sortant par la portière de sa voiture. Je lui ai acheté un coupé 204, je n'avais pas d'enfants, c'était idéal. Le jour de la vente, il m'a proposé un verre de chambolle-musigny, c'était avant l'invention de l'alcootest. L'assureur me dit qu'il avait bien connu mon père. Ils avaient été mobilisés dans la même unité. Ils étaient ensemble au stalag, et il m'a raconté toute l'histoire. Je n'ai pas fait semblant de la connaître, il aurait été déçu et je voulais encore lui extirper une ristourne sur l'assurance de la voiture,

1 **la brebis:** Mutterschaf.
la basse-cour: Hühnerhof.
2 **le poussin:** Küken.
3 **alerte:** flink, hurtig.
4 **tout sourire:** mit strahlendem Lächeln.
9 **un assureur:** Versicherungsvertreter.
manchot, -ote: einarmig.
11 **la portière:** (Auto-)Tür.
12 **le coupé 204:** Coupé der Marke Peugeot.
14 **le chambolle-musigny:** Burgunderwein aus den Weinlagen des gleichnamigen Dorfs, gelegen an der Côte de Nuits-St. Georges.
15 **un alcootest:** Alkoholtest bei Autofahrern.
20 **extirper qc à qn:** jdm. etwas abnötigen.
la ristourne (fam.): Nachlass, Rabatt.

mais j'ai feint l'indifférence sur l'air de chacun mène sa barque comme il l'entend. En fait, l'assureur avait perdu le bras en 1940.

J'ai lavé nos deux assiettes en attendant que Maman s'endorme. Je les ai essuyées comme jamais, il n'y avait plus la moindre trace d'humidité sur la faïence, impeccable, un travail de pro. J'ai gravi discrètement l'escalier jusqu'à l'entre-étage car du rez-de-chaussée, je ne voyais pas la chambre de Maman. La lumière était éteinte, je l'ai vu sous la porte. J'ai redescendu l'escalier. J'ai ouvert la porte de la cave, je l'ai refermée derrière moi avec mon double de la clé. Il faisait nuit noire mais je connaissais le chemin par cœur, quinze marches de bois et la dernière plus haute. Je me dirige dans la cave à vin en tâtonnant les goulots de bouteille à main gauche, j'atteins le mur du fond jusqu'à l'amoncellement des cageots. Je débouche le trou, ne pas céder à l'impatience, les cageots peuvent craquer, pourvu qu'un jour il ne prenne pas à ma mère de les brûler dans la cheminée, déposer délica-

1 f. **chacun mène sa barque comme il l'entend** (prov.): jeder macht seine Sache, so gut er kann.
6 **la faïence:** Steingut.
7 **le pro** (fam.): Kurzform von *professionnel:* Profi.
7 f. **gravir un escalier:** eine Treppe hinaufsteigen.
8 **un entre-étage:** Zwischenstock.
12 **le double de la clé:** Nachschlüssel.
15 **tâtonner qc:** etwas ertasten.
le goulot: Flaschenhals.
17 **un amoncellement:** Stapel.
17 f. **déboucher le trou:** die Öffnung eines Lochs freimachen.
19 f. **il prend à qn de faire qc** (fam.): es kommt jdm. in den Sinn, etwas zu tun.

tement les parpaings à terre, se souvenir où sont les cageots et ne pas poser un parpaing dessus.

J'ai débouché le trou, j'ai rampé par l'orifice, tant pis pour mon ensemble clair, on ne verrait rien dans la pénombre. Herman m'attendait debout. Une bougie brûlait derrière lui, il m'apparaissait en ombre chinoise.

– Où étiez-vous?

– Ma mère est montée se coucher tard.

– Je vous attendais.

– Hier, j'ai eu un empêchement. Un livre à récupérer chez une élève.

Je voulais réserver le poème pour plus tard, choisir le moment opportun, mais le reproche dans la voix de Herman a précipité les choses, le poème m'a échappé:

shene vig fun meyne leyden
shener kvr fun meyn ruh
shene shtodt, ikh muz zikh sheyden, –
zey gezund! vinsh ikh dir tsu.

Il se taisait. Son rire jaillit, d'une ironie blessante.

– Qui vous a appris ce poème? D'où sort cette prononciation?

– Ce n'est pas comme ça que l'on dit?

3 **ramper par qc:** durch etwas hindurchkriechen.
4 **un ensemble:** hier: Anzug, Zweiteiler.
6f. **en ombre chinoise:** als Schattenspiel, als Silhouette.
11 **un empêchement:** Verhinderung.
14 **opportun, e:** günstig, gelegen.
15 **précipiter qc:** etwas beschleunigen, überstürzen.

– Ça dépend, pas à Varsovie. À Wilno peut-être, et encore, dans la bouche du recteur de la faculté de théologie protestante!

shayne vig fin mane ladn
shayner kayver fin ma ri
shayne shtuel, kh'miz zukh shaden, –
za gezint! vinsh ikh diye tsi.

Ce Juif au fond de son trou ne voyait que ma drôle de prononciation. L'offrande monumentale que je lui faisais le laissait indifférent. J'ai sorti de mon sac le volume en yiddish, je l'ai jeté sur la table d'un geste de dépit. Il faisait sombre, Herman ne pouvait pas reconnaître le livre au premier coup d'œil. Tenez, c'est pour vous, il traînait derrière une poutre.

Herman prit le livre. Il s'éloigna pour l'approcher de la bougie, il me tournait presque le dos. Il ouvrit le livre, caressa une page. Plus de rire, ni de reproches. Je crois qu'il était ému. Il se taisait. Ses mains tremblaient un peu. Il se retourna, il me regarda. Il ne pleurait pas. Je voulais qu'il pleure. Il m'embrassa violemment. Je crois qu'à cette minute, il m'aimait.

Nous avons fait l'amour à même la terre battue pour étouffer les bruits. J'ai mangé son sexe et il est venu en moi. Ce Juif en moi, c'était si bon. Cet homme rien que pour moi. Ses mains empoignaient mes fesses, sa

1 **Wilno:** Vilnius (Wilna), Hauptstadt von Litauen.
2 **le recteur:** Universitätsrektor.
22 **battu, e:** gestampft (Boden).
23 **étouffer:** ersticken; hier: (Geräusch) dämpfen, unterdrücken.
manger le sexe de qn (fam.): jdn. oral befriedigen.

langue m'inondait les oreilles. Il était juste assez brutal pour me dominer, mais attentif à mon désir. Jamais je n'avais connu ces sensations de jouissance, les reins incendiés du plaisir que Claude ne m'avait pas donné, la peau drainée de picotements, j'ai senti un bonheur inconnu: j'attendais cet homme depuis si longtemps. Ni mon père, ni aucun de mes professeurs, ni Hans-Joachim qui n'avait pas eu un geste sensuel à mon endroit, encore moins mon proviseur au lycée ni le curé au catéchisme, n'avaient occupé cette place en attente. Herman était arrivé, j'avais improvisé son enlèvement, seule mon envie de lui avait dicté ma conduite héroïque, la fuite de la Gestapo, l'installation dans la cave, la traduction de Heine, j'avais réussi à le faire venir jusqu'à moi alors que rien ne laissait préjuger que ma personne pouvait déclencher un désir aussi sauvage. Sa manière de me faire l'amour ne laissait aucun doute: il s'était emparé de mon corps en seigneur, avec l'appétit d'un cannibale, aucune parcelle n'était épargnée, mes cuisses mon pubis mes tétons. Je me laissais happer parce qu'il le fallait. J'étais un être vivant. Enfin.

1 **inonder les oreilles de qn:** hier: jds. Ohren mit der Zunge ausfüllen.
4 **incendié, e:** hier: (von sexueller Gier) entflammt, befeuert.
5 **drainé, e de qc:** hier etwa: übersät mit etwas.
le picotement: feiner Stich, Kribbeln.
11 **improviser qc:** etwas spontan, ohne lange nachzudenken, machen.
11 f. **un enlèvement:** Entführung.
13 **héroïque:** heldenhaft.
15 f. **laisser préjuger qc:** etwas ahnen lassen.
19 **le seigneur:** hoher Herr, Adelsherr.
20 **la parcelle:** Stückchen.
épargner qc: etwas aussparen.
21 **se laisser happer:** sich schnappen lassen.

5

Un temps, la littérature est passée au second plan de nos relations. Heine, Mann, Rilke et les autres ont patienté sur leurs étagères. Nous avions mieux à faire: l'amour. Dès que j'arrivais, la nuit, à la cave, Herman m'allongeait, il avait contenu son désir toute une journée. Il me déshabillait, me pénétrait, j'étais comme une volaille embrochée et soumise aux flammes, et j'aimais cela. Je voulais la jouissance brute. Des hurlements auraient pu nous perdre, les réprimer était un supplice: j'aurais voulu ne plus rien contrôler parce que c'était bon et qu'il eût été meilleur de le crier. Je pensais à ma sœur étalée telle une truie sous le corps de Volker. Je l'imaginais plutôt sur le ventre, vraiment comme un bestiau, les seins écrasés sur le matelas, Volker, couché sur elle, la fourrageait sans ména-

2 **un temps:** eine Zeitlang.
6 **allonger qn:** jdn ausstrecken.
contenir qc: etwas zügeln, beherrschen.
8 **une volaille:** ein Stück Geflügel.
embroché, e: durchbohrt, aufgespießt.
soumettre qn à qc: jdn. einer Sache aussetzen, übergeben.
9 **brut, e:** roh.
10 **réprimer qc:** etwas zurückhalten.
11 **le supplice:** Qual.
13 **la truie:** Sau, Mutterschwein.
15 **le bestiau:** Stück Vieh.
écrasé, e sur qc: auf etwas plattgedrückt.
16 **fourrager:** hier: (beim Geschlechtsverkehr) zustoßen.
16f. **sans ménagement** (m.): schonungslos.

gement. Comment un SS pouvait-il ménager? Ma sœur ébranlait les murs de la maison de ses orgasmes, et je devais faire taire mon corps, je mangeais la couverture de récupération et mes gémissements chutaient en murmures. Mes cris étouffés se changeaient en sanglots de sueur. Après l'amour, mon corps était trempé. Herman transpirait aussi, il ne se ménageait pas. Quel accouplement était-il le plus monstrueux? Celui d'Anne et de Volker ou le mien avec Herman?

– La loi nazie interdit notre amour.

– Je sais.

Il avait dit amour.

– Vous n'avez pas peur?

– Mon corps est trempé d'effroi.

– Vous risquez la mort.

– Vous aussi.

– Mais moi, je la risquais déjà sans vous.

– Eh bien à présent, nous l'affrontons ensemble.

En d'autres temps, cet amour aurait pesé sur moi comme un péché, ce Juif auquel je m'accouplais alors

2 **ébranler qc:** hier: etwas (durch Schreie) erschüttern, erzittern lassen.
4 **de récupération** (f.): zum Ausgleich.
5 **chuter:** enden, verebben.
6 **le sanglot:** Schluchzen.
la sueur: Schweiß.
7 **trempé, e:** durchnässt.
transpirer: schwitzen.
8 **un accouplement:** Geschlechtsakt, Paarung.
9 **monstrueux, -euse:** ungeheuerlich, monströs.
19 **affronter qc:** hier: einer Sache ins Auge schauen, einer Sache trotzen.

que Claude s'était ouvert les veines, mais j'en conçus comme une fierté. Claude était proche, juste derrière la cloison, son souvenir en tout cas, mais notre vie commune sans passion sans sueur sans pénétration était à des années-lumière de l'embrasement de cette cave.

Tous les Juifs étaient-ils d'aussi prodigieux amants que Herman? Ce talent pour le sexe était-il la raison de leur chasse et de leur extermination? Ou alors Herman était un amant comme un autre, mais il ne lui restait plus que l'amour au fond de cette cave, et quelques vers de Heine à parfaire. La clandestinité décuplait les sensations. L'obligation de jouir en silence me pesait, mais le cérémonial qui m'amenait au plaisir ne compensait-il pas le mutisme forcé? Ramper par le trou de souris, descendre sous terre, déplacer parpaings et cageots, se faire allonger sur ce matelas de fortune et surtout disparaître dans ce bourrelet du globe terrestre, la terre nous happait, ne plus exister, être morts pour les autres mais dix mille fois vivants pour soi, oublier tout, les élèves les copies la

1 **concevoir qc de qc:** etwas bei einer Sache empfinden, etwas aus etwas beziehen.
5 **un embrasement:** hier: leidenschaftliche Glut.
7 **prodigieux, -euse:** hier: herausragend, sagenhaft.
un amant / une amante: Liebhaber(in).
12 **parfaire qc:** etwas fertigstellen, vollenden, zuwege bringen.
13 **jouir:** hier: ‚kommen', einen Orgasmus haben.
15 **le mutisme:** Stummheit.
18 **de fortune:** improvisiert, zusammengestückelt.
le bourrelet: hier: Wulst.
19 **le globe terrestre:** Erdball.

porcelaine de Chine et la dentelle de Bruges, Heine, Hölderlin, s'allonger à même le sol, que dis-je le sol? la terre, ma terre la France, mais au fond d'une cave, sentir sa fraîcheur sur mon ventre, la terre battue sous mes paumes, frappée, humiliée, elle me salit et me purifie, je la goûte du bout de la langue, je la lèche, j'en reprends, elle est amère, elle est bonne. La cave était une tanière où rien ne pouvait arriver car le monde ignorait notre union. Herman n'était pas recherché, l'employé aux écritures de la Gestapo ne l'avait pas encore inscrit dans ses registres quand je l'avais enlevé. Ma sœur nous protégeait, grâce à Volker. J'avais bien fait de ne pas l'occire, celui-là, même si ça me démangeait quand je le voyais. On ignore souvent les services que l'on se rend à ne pas faire certaines choses.

La guerre passait. Les Alliés débarquaient en Afrique du Nord, ma sœur Anne continuait imperturbable son commerce avec Volker, les Allemands occupaient la zone libre, les résistants résistaient, les combinards

1 **Bruges:** Brügge; Stadt in Belgien, die für ihre Spitzenmanufaktur bekannt ist.
5 **la paume:** Handfläche.
5 f. **purifier qn:** jdn. reinigen, läutern.
6 **lécher qc:** etwas (ab)lecken.
8 **la tanière:** Höhle.
10 **un employé aux écritures** (f., pl.): Schreiber.
13 **occire qn** (arch.; verbe défectif): jdn. töten.
14 **démanger qn** (fig.): jdn. jucken.
18 **imperturbable:** unerschütterlich.
19 **le commerce:** hier: sexuelle Beziehung, Verhältnis.
20 **le combinard** (fam.): Ganove.

vendaient beurre, œufs et fromage à des prix prohibitifs que mon salaire de fonctionnaire de l'État français m'empêchait d'acquérir, je devais me contenter de mes rations officielles que je partageais. Herman moisissait au fond de la cave, il avait blanchi, pour autant que je pus m'en rendre compte dans la pénombre, et si la guerre devait continuer encore longtemps, il lui pousserait des champignons et mes livres seraient promis au même destin.

Herman s'adonnait à la gymnastique, durant des heures, pour passer le temps, ne pas mourir de froid et continuer de me séduire car je voulais son corps et il le savait. Sa peau blanchissait comme une endive, mais elle s'affermissait sous les muscles malgré le peu de protéines que je ramenais de la chasse aux tickets de rationnement. Je l'aimais. Sinon, je crois que je n'aurais pas pu, c'était beaucoup de travail, s'occuper de lui, une inquiétude de chaque instant, faire semblant de rien mais toujours avoir un œil derrière la tête pour s'assurer que Volker ou Anne ne me voyaient pas descendre à la cave, rien dans mon atti-

1 f. **prohibitif, -ive:** unerschwinglich.
5 **moisir:** verschimmeln.
blanchir: ausbleichen, blass werden.
5 f. **pour autant que:** soweit … überhaupt.
9 **être promis, e au même destin:** das gleiche Schicksal erleiden.
10 **s'adonner à qc:** sich einer Sache hingeben, widmen.
10 f. **durant des heures:** stundenlang.
13 **une endive:** Chicorée.
14 **s'affermir:** fester, härter, straffer werden.
18 f. **faire semblant de rien:** so tun, als ob nichts wäre.
19 f. **avoir un œil derrière la tête** (fig.): äußerst wachsam sein, seine Augen überall haben.

tude ne devait trahir sa présence. Au lycée, les enseignants continueraient à me voir comme de tout temps, collègue débonnaire portant vaguement le deuil et nourrissant deux passions connues: la littérature et la langue allemandes. Si certains prenaient leurs distances, ce devait être du fait de ma spécialité moins passe-muraille à cette période que le grec ou les mathématiques, et non à cause de mes amours qui devaient rester clandestines. Si je n'avais tant aimé faire l'amour avec Herman, j'aurais fini par m'en débarrasser, j'en ai la conviction. J'aurais omis un jour de fermer la porte de la cave, j'aurais monté le Heine en yiddish et je l'aurais oublié sur la table du petit déjeuner quand Volker serait entré dans la cuisine en remontant sa braguette, j'aurais laissé le pot de chambre plein de mon Juif sur la tablette des toilettes. Volker aurait reconnu cette merde de Juif et il aurait appelé ses petits camarades à la rescousse pour fouiller la maison. Ils auraient fini par trouver Herman et ils l'auraient emmené. Ou j'aurais hurlé une nuit qu'il me faisait l'amour, une bonne fois pour toutes celles où j'avais dû me taire, tout le quartier serait

1f. **un enseignant / une enseignante:** Lehrkraft.
2f. **comme de tout temps:** wie eh und je.
3 **le/la collègue:** Kollege, Kollegin.
débonnaire: gutmütig.
vaguement: hier: ab und zu, unregelmäßig.
5f. **prendre ses distances:** Abstand halten, sich distanziert geben.
7 **passe-muraille:** unverfänglich, unverdächtig.
11 **la conviction:** Überzeugung.
15 **remonter la braguette:** den Hosenladen zumachen.
16 **la tablette:** hier: Ablage.
17 **cette merde de Juif** (vulg.): dieser Scheißjude.
18 **appeler qn à la rescousse:** jdn. zu Hilfe rufen.

accouru, pensant que l'on égorgeait un cochon à la cave. Mais ce n'aurait été qu'un israélite de plus à embarquer et à faire disparaître dans un wagon, si ce n'est que celui-là ne possédait rien à récupérer, pas d'argenterie, ni de dollars cachés dans les matelas ou des rouleaux de tissu pour faire des robes aux filles de la concierge, même pas de dents en or, trop jeune, qu'un vieux livre indéchiffrable publié à Vienne en 1920.

J'ai tenu bon par égoïsme. Je ne pouvais me passer de lui. Un véritable amour.

Et lui, m'aimait-il? Oui, le soir où je lui avais rapporté son livre. A-t-il compris ensuite qu'il ne pourrait survivre qu'en entretenant mon amour? Mes doigts ont exploré chaque parcelle de son corps pendant nos nuits, j'aurais pu le reconnaître entre mille si l'on m'avait bandé les yeux et demandé de le retrouver au toucher, petite dégustation à l'aveugle, mais il m'avait dit peu de chose sur sa vie. Né à Varsovie juste après la guerre (la première). Venu en France pour s'inscrire à l'université mais pas le temps d'étudier, il faut profiter de Paris, les Grands Boulevards, le cinéma, vivre, et manger aussi, c'est-à-dire survivre, les

1 **égorger un cochon:** ein Schwein abstechen.
3f. **si ce n'est que …:** auch wenn …
4 **récupérer qc:** hier: etwas sicherstellen, beschlagnahmen.
5 **l'argenterie** (f.): Silberbesteck und Silbergeschirr.
6 **le rouleau de tissu** (m.): Stoffballen.
14 **survivre:** überleben.
17 **bander les yeux à qn:** jdm. die Augen verbinden.
18 **la dégustation à l'aveugle:** Blindverkostung.

Grands Boulevards le soir, mais la machine à coudre toute la journée, payé à la pièce. Le patron un vague cousin. Les parents restés en Pologne.

– Vous êtes marié?

Pas de réponse. La guerre, 1er septembre 1939, on s'inquiète pour les parents, on s'engage, on est envoyé en province, les autres étrangers sont expédiés au front, lui pas, allez savoir pourquoi, le hasard, factotum pour les services de renseignements, un grand gaillard comme ça, c'est étonnant, peut-être à cause de son poumon droit un peu fragile, coursier, il apporte le courrier, amène des documents à traduire, à qui? À vous! Je n'en saurai pas plus, le reste c'est l'amour sur a terre battue, sans un mot, silence on s'aime. Et la littérature, Schiller, Heine.

Ce livre, justement, tout fin, à peine un livre, un fascicule plutôt, cinquante-quatre pages à lire de droite à gauche. Face à la page de titre, j'avais déjà lu la mention en lettres latines: copyright by «Verlag Neuland» (S. J. Imber) Wien. Sur la même page, un peu au-dessus, une mention en yiddish disait autre chose:

2 **être payé, e à la pièce:** in Stücklohn bezahlt werden.
vague: hier: entfernt verwandt.
6 **s'engager:** hier: zum Militär gehen.
7f. **expédier qn au front:** jdn. an die Front schicken.
8 **allez savoir pourquoi** (fam.): wer weiß warum.
8f. **le factotum** (lat.): Mädchen für alles.
9 **le service de renseignement:** Geheimdienst, Nachrichtendienst.
10 **le gaillard** (fam.): Kerl.
11 **le coursier:** Laufbursche.
12 **le courrier:** Post.
16f. **le fascicule:** Bändchen, Heft.

Sh. Y. Imbers bibliotek
(iberzetsungen fun der veltliteratur)

Qui était ce S. J. Imber qui s'appliquait à traduire en yiddish la «littérature du monde»? Je brûlais de le savoir mais allais-je dénicher son nom dans un dictionnaire? J'ai cherché dans mon encyclopédie Larousse, je n'ai rien trouvé: elle ne s'intéressait pas aux intellectuels mineurs de la *Mitteleuropa.* J'ai fouiné à la bibliothèque de l'université, prétextant la recherche d'une édition rare des *Affinités électives.* Les grandes encyclopédies allemandes ne parlaient pas davantage de ce Imber, éditeur à Vienne. Dans le fichier de la bibliothèque, j'ai déniché les coordonnées d'un *Juedisches Lexicon*, en cinq volumes, publié à Berlin de 1927 à 1930. Peut-être trouverais-je trace de ce monsieur à nom de framboise dans ce dictionnaire, mais il était fort peu probable qu'en donnant sa cote au bibliothécaire, je pourrais me le faire communiquer. S'il

3 **s'appliquer à faire qc:** sich vornehmen, etwas zu tun.
4 **brûler de faire qc:** darauf brennen, etwas zu tun.
8 **mineur, e:** zweitrangig.
fouiner: stöbern, nachforschen.
9 **prétexter qc:** etwas vorgeben.
10 **«Les Affinités Electives»:** *Die Wahlverwandschaften* (1809), Roman in zwei Teilen von Goethe (*une affinité:* Ähnlichkeit; geistige Nähe, Seelenverwandtschaft).
12 **le fichier:** Kartei, Katalog.
13 **les coordonnées** (f.): hier: bibliografische Angaben, Daten.
16 **à nom de framboise** (f.): wörtl.: mit dem Himbeernamen (vgl. aber S. 133).
17 **la cote:** Signatur.
17 f. **le/la bibliothécaire:** Bibliothekar(in).
18 **se faire communiquer qc:** sich etwas mitteilen, nennen lassen.

n'avait pas été retiré du fonds, on me dirait qu'il avait été égaré. Je n'ai même pas tenté. Le bibliothécaire me connaissait bien, je ne tenais pas à me faire remarquer.

Je ne sus rien d'autre sur ce Imber. Il ne me titilla pas plus de quelques jours, je me laissais absorber par les nuits agitées de la cave et le déchiffrement de Heine en yiddish. Je finis par lire plus aisément, et j'appris les quarante-deux *lieder* contenus dans le livre. Je les connaissais déjà en allemand, je fus capable de les réciter en version bilingue, sans doute la seule personne au monde. Après la guerre, j'aurais pu me vendre à un cirque, plus rare que la femme à barbe, moins effroyable que l'homme-tronc.

J'avais encore trouvé quelques indices sur ce S. J. Imber. À la fin du livre, l'éditeur faisait de la réclame pour ses autres publications. Dans la même *Sh. Y. Imbers bibliotek*, il avait édité *Der sotsyalizm un dem mentshns neshome* de Oscar Wilde (j'avais eu du mal

1 **retirer du fonds:** hier: aus dem Bestand nehmen.
2 **égarer qc:** etwas verlegen, an einen falschen Platz stellen.
3 f. **se faire remarquer:** auffallen.
5 **titiller qn:** hier: jdn. reizen; jdn. interessieren.
6 **se laisser absorber par qc:** ganz in etwas aufgehen.
7 **agité, e:** stürmisch.
le déchiffrement: Entzifferung.
8 **aisément:** leicht.
11 **bilingue:** zweisprachig.
13 **la femme à barbe:** Frau mit Bart.
13 f. **effroyable:** furchteinflößend, angsterregend.
14 **l'homme-tronc:** Mann ohne Gliedmaßen (*le tronc:* Rumpf).
15 **un indice:** Hinweis.
18 f. **«Der sotsyalizm un dem mentshns neshome»** (yid.): *Der Sozialismus und die Seele des Menschen;* 1891 veröffentlichtes Werk des englischen Schriftstellers Oscar Wilde (1854–1900).

à découvrir le célèbre Britannique sous «Oskar Ouayld») et *Di kunst fun dertselen* de Jakob Wassermann, mais aussi deux de ses propres œuvres: *Viktoria*, sous-titré «accords sur des nouvelles de Knut Hamsun», et *Vald oys, vald ayn*, de la poésie. Il annonçait d'autres textes, des rééditions de ses propres œuvres (où étaient-elles parues précédemment?), de nombreuses traductions et une étude: «L'héritage poétique d'Oscar Wilde.» M. Framboise (je sus plus tard que *Imber* voulait dire gingembre en yiddish, comme *Ingwer*) témoignait d'un intérêt nourri pour Oscar Wilde. Je m'étonnais qu'un poète juif pût se sentir quelque affinité avec un écrivain qui avait fini dans les geôles victoriennes pour conduite impudique. Je n'avais jamais lu d'œuvres d'Oscar Wilde, interdites dans les institutions religieuses que j'avais fréquentées. Je me promis de le faire plus tard, après la guerre peut-être, quand la littérature allemande relâ-

2 **«Die kunst fun dertselen»:** *Die Kunst der Erzählung;* 1904 veröffentlichtes Werk des deutschen Schriftstellers Jakob Wassermann (1873–1934).

4 **sous-titré, e …:** mit dem Untertitel …

un accord: hier: Anmerkung.

4f. **Knut Hamsun:** norwegischer Schriftsteller (1859–1952).

5 **«Vald oys, vald ayn»** (yid.): *Waldaus, waldein*, vielleicht Anspielung auf die Zeilen 5–8 eines Liebesgedichts von Friedrich Rückert (1788–1866): »Als wie am Tag ein wilder Vogel fliegt, / Waldaus, waldein, nach seiner Lust, / Doch bei der Nacht ins weiche Nest sich schmiegt, / So schmieg' ich mich an deine Brust.«

6 **une réédition:** überarbeitete Neuauflage.

10 **le gingembre:** Ingwer.

14 **la geôle:** Kerker.

victorien, -ienne: viktorianisch; auf die Regierungszeit der britischen Königin Viktoria (1837–1901) bezogen.

18f. **relâcher qc:** etwas lockern.

cherait son étreinte, ce que je ne fis jamais: je suis vierge de l'œuvre d'Oscar Wilde.

Bien plus tard, le souvenir de ce Imber me revint. Plus de vingt ans après la guerre, j'ai trouvé dans une brocante un étrange dictionnaire d'écrivains yiddish en quatre volumes, publié à Wilno dans les années 1920. Je n'avais plus lu de yiddish depuis la guerre, le dictionnaire ne coûtait presque rien, qui pouvait-il intéresser? Je l'ai acheté. Sur la page de garde, il y avait deux tampons. Sur l'un: «M. Cymbalista – confection pour dames». Sur l'autre «Camp d'internement de Beaune-la-Rolande».

En le feuilletant, lentement pour déchiffrer les noms des écrivains, faisant un effort pour me souvenir des lettres carrées, mon regard s'est posé sur la notice concernant Imber. En réalité, il y en avait deux, Shmaryahou et Shmouel-Yankev. Ce dernier était né en 1889 à Sosov en Galicie (j'ai eu du mal à trouver ce trou dans un atlas), il avait vécu un temps à Vienne,

1 **une étreinte:** Umklammerung.
1 f. **être vierge de qc:** von etwas unbeleckt sein, ohne jegliche Kenntnis von etwas sein.
5 **la brocante:** Trödel-, Flohmarkt.
10 **le tampon:** Stempel.
11 **un camp d'internement** (m.): Internierungslager.
12 **Beaune-la-Rolande:** während des Zweiten Weltkriegs eines von drei Internierungslagern im Département (45) Loiret im Loiretal (die beiden anderen waren Pithiviers und Jargeau); heute ein kleiner Ort von etwa 2000 Einwohnern.
13 **feuilleter qc:** etwas durchblättern.
15 **la notice:** Abriss, kurze Darstellung, Artikel.
18 **la Galicie:** Galizien; früher zu Polen, heute zur Ukraine gehörende historische Landschaft nördlich der Karpaten.

après la Première Guerre mondiale, où il avait édité plusieurs recueils de poèmes et ses traductions. La notice faisait la liste de toutes les publications qui figuraient dans le livre que j'avais eu entre les mains plus de vingt ans auparavant. Son étude sur Oscar Wilde était restée inédite. J'appris que l'un de ses recueils les plus remarqués fut *Roysenbleter*, des poèmes érotiques publiés à Wilno en 1914. J'aurais voulu lire ces *Feuilles de roses* mais je n'avais aucun moyen de me les procurer. On ne trouvait pas de livres en yiddish dans ma province. À Paris peut-être, à New York ou à Tel-Aviv j'aurais pu mettre la main sur ce recueil mais je ne fréquentais pas ces villes et qu'allais-je gagner à lire ces poèmes? La guerre était passée. À la cave, il n'y avait plus que des rats.

1 **éditer qc:** etwas herausbringen, veröffentlichen.
6 **inédit, e:** unveröffentlicht.
7 **remarqué, e:** hier: bekannt.

6

Les choses se compliquèrent quand les Anglais se mirent en tête de bombarder la ville. Les attaques visaient une usine des faubourgs qui fabriquait des chenilles de chars et la caserne en centre-ville, truffée de Boches, située entre la maison et le lycée. Pour l'usine, ils tapèrent dans le mille dès la première salve. Il faisait nuit, nous avons d'abord entendu les vrombissements des avions, un bruit sourd et continu, très vite les sirènes de la ville retentirent. La caserne des pompiers était à trois maisons, le bruit de la sirène assourdit le quartier. Les bombes se sont mises à tomber, je n'ai su que plus tard qu'il s'agissait de bombes, elles étaient lointaines, des explosions amorties par la distance. Les sirènes, surtout, nous ont fait peur. Ma mère a surgi dans ma chambre en disant Vite, à la cave, dépêche-toi. J'ai précédé ma sœur dans l'esca-

2 **se compliquer:** kompliziert werden.
2 f. **se mettre qc en tête:** sich etwas in den Kopf setzen.
3 f. **viser qc:** auf etwas zielen, etwas zum Ziel haben, einer Sache gelten (Angriff).
4 **les faubourgs** (m., pl.): Vorstadtgebiet.
4 f. **la chenille de char:** Panzerkette.
7 **taper dans le mille:** ins Schwarze treffen.
la salve: hier: Bombenserie.
8 f. **le vrombissement:** (Motor-)Dröhnen.
9 **continu, e:** ununterbrochen, andauernd.
11 f. **assourdir qn:** jdn. betäuben.
14 **amortir qc:** etwas abschwächen, dämpfen.

lier. Je feignais d'avoir très peur et je vociférais en parlant à ma mère pour que Herman comprenne que l'on m'accompagnait. Nous nous installâmes dans la cave à vin, sur la terre battue. Je priai le ciel pour que Herman ne fît pas un geste, ma mère et ma sœur devaient ignorer sa présence. Je ne cessai de parler, pour faire du bruit et couvrir les gestes de Herman. Mais Herman n'en faisait aucun, il se tapissait au fond de son trou, je l'imaginais allongé sur son semblant de matelas, silencieux et immobile comme le gisant d'une basilique.

L'alerte fut de courte durée mais les bombardements reprirent les jours suivants. La caserne était à quelques centaines de mètres de la maison, les bombes qui la visaient tombaient tout près. À la cave, les bouteilles tintaient dans les casiers métalliques, un son identique à celui du lustre lors des ébats d'Anne et de Volker. Cette fois, Anne était avec nous sous terre, quelques cageots la séparaient de mon amant mais elle l'ignorait, et le sien risquait sa vie à la caserne sous les bombes anglaises. Pendant les alertes, j'avais Herman à l'esprit, si proche que se sentais son souffle.

1 **vociférer:** laut schreien, brüllen.
7 **les gestes** (m.): hier: Geräusche.
8 **se tapir:** sich (nieder)kauern, ducken.
9 f. **un semblant de matelas:** matratzenähnliches Gebilde.
10 f. **le gisant:** liegende Figur (Skulptur), Totenfigur (zu *gésir*, s. Anm. zu S. 180, Z. 8).
12 **une alerte:** Bombenalarm.
16 **tinter:** klirren.
le casier métallique: Metallgestell.
17 **les ébats** (m., pl.): hier: heftiger Geschlechtsverkehr.

Le lendemain, il me disait qu'il pensait à moi, il m'avoua qu'il avait passé une alerte la main dans le pantalon: quitte à mourir étouffé dans une cave, il voulait que ce fût en ma compagnie.

Une nuit, la terre a tremblé davantage, et une partie du plafond de la cave s'est effondrée du côté des casiers à bouteilles. Du vin a coulé, la poussière a envahi l'espace, nous suffoquions, nous pataugions dans une gadoue de chassagne-montrachet premier cru, je n'avais qu'une peur, que Herman tousse et se trahisse. J'ai dit Montons, ne restons pas là, comme des rats, l'alerte était finie mais je devais encore écarter ma mère et ma sœur, laissant Herman se débrouiller pour respirer du mieux qu'il pouvait.

Une autre fois, les sirènes retentirent en plein jour, j'étais en train de corriger des copies, j'ai trouvé Anne et Volker à la cave, je ne l'avais pas entendu arriver celui-là, j'ai failli mourir d'effroi de savoir Volker et Herman dans le même sous-sol. Au bout de quelques minutes, ma décision était prise: si Volker découvrait Herman, je le tuerais. Je veux dire Volker. Il n'y avait pas le choix. J'en ai rêvé pendant toute l'alerte, s'il n'y avait pas eu ma sœur dans la cave, je le faisais, je lui cassais une bouteille sur le crâne, je le

8 **suffoquer:** fast ersticken.
patauger: waten.
9 **la gadoue** (fam.): Schlamm, dicke Brühe.
le chassagne-montrachet: Burgunder-Wein der Spitzenklasse.
premier cru: Bezeichnung für erstklassige Weine.
18 **faillir faire qc:** fast etwas tun.
23 f. **je le faisais … je l'achevais:** *je l'aurais fait … je l'aurais achevé.*

liquidais à coup de pinard, un coup de chassagne à lui décrocher la mâchoire, un santenay derrière la nuque, je l'achevais au tire-bouchon, mettez-moi ce tonneau en perce, le sang aurait pissé dru, le vin aussi, une vraie fontaine de jouvence.

Ma sœur était là, je n'ai rien fait. Volker est rentré à la caserne après l'alerte, il n'a pas eu sa dose, Anne non plus.

Les bombardements durèrent quinze jours. Il y eut des morts, des blessés, des disparus. La Résistance eut la bonne idée de faire sauter la caserne, j'ignore si l'opération était prévue de longue date ou si la décision fut prise pour faire cesser les bombardements. J'étais en classe, je faisais cours, un matin, la conjugaison du verbe avoir, des sixièmes, les vitres du lycée ont volé en éclats, nous avons eu une peur bleue, toujours la peur, nous ne cessions d'avoir peur pendant

1 **le pinard** (fam.): Wein.
2 **décrocher qc:** hier: etwas ausrenken.
le santenay: burgundischer Spitzenwein.
3 **achever qn:** jdm. den Rest geben.
le tire-bouchon: Korkenzieher.
mettre en perce: (Fass) anstechen.
4 **pisser dru** (fam.): herausschießen (Flüssigkeit).
5 **la fontaine de jouvence:** Jungbrunnen.
7 **avoir sa dose** (fam.): sein Fett abkriegen.
10 **un disparu:** Verschollener, Vermisster.
12 **de longue date:** langfristig, seit langem.
14 f. **la conjugaison:** Konjugation.
15 **le/la sixième:** *un/une élève de sixième:* Schüler(in) der 5. Klasse.
16 **voler en éclats** (m., pl.): zersplittern (Scheibe).
avoir une peur bleue (fam.): eine Heidenangst haben.

cette guerre, la moitié de mes élèves pleurait, certaines ont reçu du verre sur le visage, elles saignaient, quelques-unes se sont évanouies, la ville était terrorisée. Le proviseur nous a dit de rentrer chez nous d'urgence, il ne savait pas ce qui s'était passé mais il craignait les représailles des Allemands, des prises d'otages parmi le corps enseignant ou les lycéennes. Le lycée a été fermé plusieurs jours. Ensuite, le lycée de garçons s'est replié chez nous car ses locaux ont été réquisitionnés pour reloger les soldats. Nous avons dû partager les classes, les garçons le matin, les filles l'après-midi. Des élèves avaient été fusillés, quelques professeurs aussi et le proviseur du lycée de garçons a disparu aux Barres. Pour l'exemple. Pourquoi les femmes n'étaient-elles jamais prises en otage? Parce qu'elles n'avaient pas encore le droit de vote? Mon proviseur eut une promotion: il régnait sur toute la jeunesse lycéenne de la ville, tous sexes confondus.

J'ai quitté la classe en vitesse et j'ai couru vers la maison. J'y ai retrouvé ma mère et ma sœur, fenêtres éventrées, entre-temps on avait su que c'était la caser-

3 **s'évanouir:** ohnmächtig werden, in Ohnmacht fallen.
4f. **d'urgence** (f.): umgehend, ganz schnell.
6f. **la prise d'otages** (m., pl.): Geiselnahme.
7 **le corps enseignant:** Lehrkörper.
9 **se replier chez qn:** sich bei jdm. einnisten.
10 **réquisitionner qc:** etwas beschlagnahmen.
reloger qn: jdn. (wieder) unterbringen, einquartieren.
12 **fusiller qn:** jdn. erschießen.
14 **pour l'exemple** (m.): zur Abschreckung.
17 **la promotion:** Beförderung.
22 **entre-temps:** zwischenzeitlich, unterdessen.

ne, elle avait sauté, sans doute la Résistance. Volker, qui était là, venait de partir rejoindre son commandement, encore lui, toujours lui, l'affreux, il avait survécu, la chance, toujours la chance, l'explosion avait dû lui couper ses effets, pouf! les corps caverneux en déroute, la débandade au prix de la vie, j'espérais qu'il serait fusillé pour désertion mais c'était peine perdue: il ne fallait pas compter sur les Allemands pour nous débarrasser de lui. Si je voulais le voir disparaître, je devrais m'en occuper moi-même.

Je dus rester avec Anne et ma mère. Je n'avais qu'une envie, descendre à la cave pour vérifier si Herman n'avait rien et le rassurer sur mon propre compte. Il m'a fallu attendre le soir. J'ai dû m'occuper la journée, trouver quelque chose, des copies à corriger, un cours à préparer. Anne attendait des nouvelles de son Boche. Elle l'aimait vraiment? J'avais cru qu'il était un joujou pour veuve précoce, un hochet pour jeune fille montée en graine, mais elle avait l'air anxieuse de savoir où il était. Moi je devais jouer l'insouciance, je

2f. **rejoindre son commandement** (m.): wieder zu seiner Einheit stoßen.
5 **les effets** (m., pl.; iron.): hier: Potenz.
le corps caverneux: Schwellkörper.
5f. **en déroute** (f.): auf der Flucht; hier: den Dienst versagend, schlaff.
6 **la débandade:** hier: Erschlaffung des Penis.
7 **la désertion:** Fahnenflucht.
13 **sur mon propre compte:** im Hinblick auf meine Person.
18 **le joujou:** Spielzeug (Kindersprache).
précoce: allzu frühzeitig.
le hochet (fig.): Spielzeug.
19 **monté, e en graine:** überreif.
20 **une insouciance:** Sorglosigkeit.

suis calme car je n'attends âme qui vive, impavide, presque insensible, je n'ai personne dans ma vie, pas l'ombre d'un amour, surtout pas à la cave sous tes pieds maman sous tes semelles ma sœur, est-il mort à cette minute l'homme que j'aime, j'ai besoin de son corps comme toi de celui de Volker mais j'aime son âme aussi même si on nous serine à longueur de journée de journaux de radio d'exposition au Palais Berlitz, que les Frères Lissac ne sont pas les Frères Isaac, que le magasin Vuitton est interdit aux Juifs et aux chiens et que l'âme d'un israélite ne peut pas être aimable. Et l'âme d'un SS, c'est comment, dis-moi? S'il meurt, je meurs. Ce n'est pas comme Claude. Après sa mort, je vis car Claude n'était pas un de mes organes vitaux. Herman c'est moi. Ses yeux sa bouche son accent son sexe son Heine en sabir protogermanique à gazouiller comme si on parlait l'allemand en mâ-

1 **je n'attends âme qui vive:** ich erwarte keine Menschenseele.
impavide: furchtlos, unerschrocken, unerschütterlich.

4 **la semelle:** (Schuh-)Sohle.

7 **seriner qc à qn:** jdm. etwas einhämmern.

8f. **le Palais Berlitz:** Anspielung auf die am 5. September 1941 eröffnete judenfeindliche Ausstellung »Le juif et la France« mit dem Untertitel »Rendons la France aux Français – le péril métèque«. Am ersten Tag kamen fast 15 000 Besucher.

9 **les Frères Lissac:** französische Handelskette mit 60 Filialen weltweit (Stand: 2000).

10 **Vuitton:** *Maison Louis Vuitton*; Hersteller von Luxusartikeln vor allem im Lederwarenbereich.

15 **vital, e:** lebenswichtig.

16 **le sabir:** Kauderwelsch.
protogermanique: frühgermanisch.

17 **gazouiller:** zwitschern (Vogel); hier (péj.): lispeln, undeutlich artikulieren.

chant de la viande casher, sa bonne humeur même dans la pénombre toute la journée alors que moi, au grand jour, au soleil, au music-hall, je suis triste. Herman m'égaye, il me déchagrine, il me brûle, il me pique de sa machine à coudre, un ourlet de haut en bas, bbbbbbbrrrrrrrr, ma peau file à vive allure sous le pied de biche, j'ai une marque, la plaie me parcourt le corps, elle s'infecte, je l'aime, ses brûlures sont bonnes, elles m'illuminent.

En fin d'après-midi, je ne pouvais rester davantage chez nous à périr d'inquiétude, j'ai enfourché mon vélo, j'ai roulé dans la ville, les faubourgs, la campagne pour passer le temps, m'épuiser, attendre.

Il a failli devenir fou durant cette journée, tournant comme un lion en cage. Il avait perdu sa bonne humeur, sa patience avait des limites, je les découvrais.

1 **casher** (yid.): koscher, rein (d. h. nach den Vorgaben des jüdischen Speisegesetzes geschlachtet und zubereitet).
2f. **au grand jour:** bei vollem Tageslicht.
3 **le music-hall** (angl.): Variété(theater).
4 **égayer qn:** jdn. aufheitern.
déchagriner qn: jdm. den Kummer nehmen, jdn. in heitere Stimmung bringen.
6 **filer à vive allure** (f.) **sous qc:** unter etwas durchflitzen.
7 **le pied de biche:** (Nähmaschinen-)Langarm.
la plaie: Wunde.
7f. **parcourir le corps de qn:** sich über jds. ganzen Körper hinziehen, ausbreiten.
8 **s'infecter:** sich infizieren, sich entzünden.
9 **illuminer qn:** jdn. erleuchten.
11 **périr:** (vor Angst) umkommen.
11f. **enfourcher un vélo:** sich auf ein Fahrrad schwingen.

Je l'aimais dans cette rage. Il brûlait de savoir ce qui s'était passé. Je lui ai dit La caserne a sauté, mais Volker est vivant. Il m'a répondu À vous de sauter maintenant. Il m'a montré le matelas. La crainte et l'attente l'avaient mis en appétit. J'étais sa viande fraîche, un cuissot d'antilope jeté en pâture, un cuisseau de bœuf comme dans la dictée de Mérimée à moins que ce ne soit le contraire, cuisseau d'antilope et cuissot de bœuf. Au lion de se régaler de mon corps dilaté de plaisir.

Au bout de quelques semaines, la littérature a repris ses droits sur la cave. Non que nous ayons cessé de faire l'amour, mais nous nous sommes remis à parler, avant, après. Nous sortions de plusieurs semaines de passion muette. Qu'étions-nous ensemble?

Il avait découvert *Mein blaues Klavier* de Else Lasker-Schüler.

Ich habe zu Hause ein blaues Klavier
Und kenne doch keine Note.

1 **la rage:** Wut.
6 **le cuissot:** (Tier-)Keule.
jeter qc en pâture à qn: jdm. etwas zum Fraß vorwerfen.
le cuisseau: *cuissot*.
7 **la dictée de Mérimée:** Anspielung auf das Diktat, das Prosper Mérimée (1803–70) Napoléon III. anlässlich eines Aufenthalts in Fontainebleau vorlegte: »Pour parler sans ambiguïté, ce dîner à Saint-Adresse, près du Havre, malgré les effluves embaumés de la mer, malgré les vins de très bon crus, les cuisseaux de veaux et les cuissots des antilopes prodigués par l'amphitryon, fut un vrai guêpier […]«.
9 **se régaler:** sich ergötzen.
dilaté, e: geweitet.
11 f. **reprendre ses droits sur qc:** sich gegenüber etwas durchsetzen.

Es steht im Dunkel der Kellertür,
Seitdem die Welt verrohte.

Es spielen Sternenhände vier
– Die Mondfrau sang im Boote –
Nun tanzen die Ratten im Geklirr.

Zerbrochen ist die Klaviatür …
Ich beweine die blaue Tote.

Ach, liebe Engel, öffnet mir
– Ich aß vom bitteren Brote –
Mir lebend schon die Himmelstür –
Auch wider dem Verbote.

J'ai chez moi un piano bleu
Mais ne connais pas les notes.

Il est dans l'obscurité de la porte de la cave,
Depuis que le monde s'est abruti.

Des mains d'astres y jouent, quatre
– la dame à la lune chantait dans la barque –
– les rats maintenant chantent au chant acide
des cordes.

Le clavier est tout défoncé …
Moi, je pleure la morte bleue.

Ah, chers anges, ouvrez-moi donc
– j'ai mangé le pain amer –,
quand je vis encore, la porte du ciel –
même si c'est interdit.

– *Mein blaues Klavier.*

– Ne m'appelez pas ainsi.

– *Man bloe pyane.*

– Je ne suis pas votre piano bleu.

– À votre manière, si. Vous apparaissez le soir, je me suis morfondu toute une journée. Vous ne racontez rien de votre vie là-haut, au grand jour.

– Elle a si peu d'importance.

– Vous n'aimez pas votre métier?

– Si, beaucoup. Mais ce qui compte, c'est quand j'arrive ici, ramper à vous, vous voir, nous savoir ensemble à l'abri, ce que vous avez lu, Werfel, Kafka, et aujourd'hui Else Lasker-Schüler. Mais je ne suis pas votre piano bleu. Ce poème est trop triste.

– Kafka, je le lis de moins en moins. C'est déconseillé, dans une cave, on risque la folie. Lasker-Schüler est déjà folle, c'est autre chose. Vous comprenez, *mein blaues Klavier*?

Herman lisait, il mangeait mes livres le jour et me dévorait la nuit. Certains mots allemands lui échappaient, il m'en demandait le sens le soir. J'aurais pu lui prêter un dictionnaire mais j'aimais lui être indispensable. *Tugend*, *Schicksal*, *Friedhof*, *Mond*. Comment dit-on en yiddish? Je voulais savoir. *Tsidkes*, *goyrl*, *baysoylem*, *levune*. Des mots volés à l'hébreu. Pourquoi les Juifs étaient-ils allés chercher ces termes bizarres alors qu'ils existaient en allemand?

6 **se morfondre:** Trübsal blasen.
15f. **c'est déconseillé:** es empfiehlt sich nicht, es ist abzuraten von.
20f. **échapper à qn:** jdm. unverständlich sein, jdm. nichts sagen.

– Vous l'avez dit: parce qu'ils sont juifs, justement.

– Et alors, la vertu est-elle un attribut juif? Et juive, la lune?

– Dans un sens, peut-être.

– Sa face cachée, alors.

Non, seulement la manière que les Juifs ont de la contempler.

Les Juifs s'étaient approprié l'allemand, ils l'avaient tordu, plié, replié pour le faire entrer dans leur vision du monde. Je ne comprenais pas cette vision car Herman ne savait pas en parler. C'était un modeste tailleur de Varsovie qui n'avait presque pas fréquenté l'école. Ce qu'il connaissait, il l'avait appris tout seul. Il avait découvert la littérature par lui-même, grâce à des livres empruntés dans des bibliothèques ouvrières où d'autres petits tailleurs venaient, le soir après le travail, lire le journal ou emprunter Jules Verne et Knut Hamsun traduits en yiddish. Ou Heine. La religion, il ne connaissait pas. J'en étais encore au chapitre où les Juifs avaient tué le Christ, la page que les catéchistes avaient cornée à l'intention des enfants de

2 **un attribut:** Eigenschaft.
5 **la face cachée:** Rückseite.
7 **contempler qc:** etwas betrachten.
8 **s'approprier qc:** sich etwas aneignen.
15 **ouvrier, -ière:** Arbeiter…
17 **Jules Verne:** französischer Schriftsteller (1828–1905); Verfasser von wissenschaftlich-phantastischen Romanen, die als Vorläufer der Science-Fiction-Literatur gelten.
21 **le catéchiste:** Katechet, Religionslehrer, insbesondere für die Christenlehre außerhalb der Schule.
corner une page: eine (Buch-)Seite mit einem Eselsohr kennzeichnen.
à l'intention de qn: für jdn.

ma génération, et je me retrouvais au fond d'une cave avec l'un des descendants de ces assassins, mais il se fichait du Christ ou de Moïse (il disait que Moïse n'avait pas existé, que c'était des balivernes de rabbins) comme de sa première chemise: il ne jurait que par la littérature.

– Dieu, Dieu, vous n'avez que ce mot à la bouche? Fichez-moi la paix avec vos questions sur le dieu des Juifs. J'ai grandi dans un royaume juif, Varsovie, il fallait faire des kilomètres à pied avant de voir un Polonais. Des Juifs partout, dans les tramways, à la terrasse des cafés, dans les parcs publics et dans les ateliers. Dans les cours des immeubles, que des enfants juifs. En vingt ans à Varsovie, je n'ai pas beaucoup entendu parler de Dieu. On ne passait pas son temps à penser à lui, ou à le regarder, comme vous, pendre sur sa croix à trois mètres du sol. Il y avait ceux qui respectaient les commandements, et ceux qui ne les respectaient pas.

– Mais ceux qui les respectaient étaient forcément croyants!

2 ff. **il se fichait du Christ ... comme de sa première chemise** (fam.): Christus war ihm völlig egal.

3 **Moïse:** Moses.

4 **les balivernes** (f., pl.): leeres Geschwätz, dummes Gerede, ungereimtes Zeug.

4 f. **le rabbin:** Rabbiner, jüdischer Gesetzes- und Religionslehrer, Prediger und Seelsorger.

8 **Fichez-moi la paix** (fam.): Lassen Sie mich in Ruhe.

9 **le royaume:** Königreich.

13 **que des enfants juifs:** nichts als, nur jüdische Kinder.

18 **le commandement:** (Bibel-)Gebot.

20 **forcément:** zwangsläufig.

– Je ne sais pas. Mon grand-père avait une barbe presque jusque par terre, mais il ne m'a jamais parlé de Dieu. Il me demandait si j'avais bien fait tout ce qu'il fallait. C'était ça, l'important pour lui: faire ce qu'il fallait. Manger casher, respecter le shabath, avoir des enfants, de nombreux enfants car le premier commandement ordonne de croître et de se multiplier, étudier la Torah, apprendre ses prières.

– Et les prières, elles parlent bien de Dieu?

– Peut-être. Je ne comprends pas l'hébreu. Moi, je parle le yiddish. *Got*, je veux bien, mais le *Adonoy* des prières, il était loin.

– À quoi ça sert, alors, toutes ces prières?

– À savoir quelle heure il est, matin, midi et soir. Vous, vous avez les clochers des églises, qui sonnent tous les quarts d'heure. Nous, nous étions trop pauvres pour avoir une montre, et dans mon quartier, il n'y avait pas d'église, il n'y avait que des Juifs! Alors on priait. Quand j'ai eu un peu d'argent pour m'acheter une montre, j'ai arrêté de prier. Je me souviens du jour où j'ai avoué à mon père que j'avais mangé dans une auberge polonaise. Il m'a giflé. La gifle la plus forte qu'il m'ait donnée. Pour lui, je n'étais plus un Juif.

– Et vous ne priez plus?

5 **le shabath** (yid.): Sabbat; im Judentum siebter Tag der Woche (Sonnabend); Tag der Ruhe und der Heiligung.

7f. **croître et se multiplier:** Anspielung auf das biblische Gebot »Wachset und mehret euch«.

8 **la Torah:** Thora; Gesetz Gottes im Judentum.

11 **Adonoy** (yid.): Herrgott.

22 **une auberge:** einfaches Speiselokal.
la gifle: Ohrfeige.

– J'ai arrêté quand j'avais seize ans. J'avais envie d'être autre chose qu'un Juif, quelqu'un de normal, un habitant du monde que l'on ne regarde pas de haut, mais ça m'a rattrapé, à l'autre bout de l'Europe, chez madame Pelloux. Au saut du lit. *Papiere bitte!* Je me suis remis à prier dans cette cave. Je suis à nouveau un Juif, n'est-ce pas? Je ne dois pas perdre la notion des jours qui passent. Alors juste une prière, un petit *Shma-Yisrouel* le matin et le soir. Je me dispense de celle du midi.

Et moi, j'étais quoi? Moins bien qu'un *Shma-Yisrouel*? Je descendais le rejoindre toutes les nuits, mais ma présence ne l'empêchait pas de perdre la notion des jours, il lui fallait ses prières. Je n'ai pas osé lui demander à ce moment. Je n'ai plus cessé de penser que le Juif qui me faisait violemment l'amour priait matin et soir, en hébreu, drôle d'occupation pour un drôle de salon littéraire, une petite folie de plus dans cette guerre. J'ai espéré l'avoir pour moi toute la sainte journée, au grand jour, et pas seulement la nuit au fond de la cave. Il pourrait regarder l'heure à l'horloge, contrôler la course du temps sur un calendrier des Postes comme tout le monde sans faire de salamaleks

7 f. **perdre la notion de qc:** das Gefühl für etwas verlieren.
9 f. **se dispenser de qc:** auf etwas verzichten.
19 f. **toute la sainte journée** (fam.): den lieben, langen Tag.
22 f. **le calendrier des Postes:** aus dem *Almanach des postes* (1855) hervorgegangener Kalender, der vom Briefträger verteilt wurde und vor allem im ländlichen Milieu sehr beliebt war. Neben postalischen Hinweisen enthielt er Erbauliches (etwa Sinnsprüche, Gedichte, Informationen und Ratschläge zu jedem Tag des Jahres).
23 **faire des salamaleks** (m. pl.; fam.): Fisimatenten, Mätzchen machen.

en se balançant d'avant en arrière, lire Kafka. Il me ferait l'amour matin, midi et soir. Je serais son *Shma-Yisrouel*, comme il disait. Mais c'était une autre folie.

Je n'ai pas attendu de pouvoir le remonter au rez-de-chaussée pour lui offrir un calendrier des Postes. Ma mère en avait eu deux cette année-là, j'en ai pris un pour Herman, dans l'espoir qu'il s'arrêterait de prier. «Bonne année 1943» écrit en grand. Herman m'a dit merci quand je le lui ai apporté, ce n'était pas un aussi beau cadeau que le Heine en yiddish, nous avons quand même fait l'amour ce jour-là mais cela n'avait rien à voir avec le calendrier. L'année a passé. Le 28 décembre, c'est mon anniversaire. Je m'apprêtais à lui apporter le calendrier de 1944 que j'avais dégotté je ne sais où, une année de guerre encore, toujours ça que les Prussiens n'auront pas, aurait dit ma grand-mère. Herman avait barré tous les jours sur le calendrier. Je lui avais dit la date de mon anniversaire, il me l'a souhaité ce jour-là et m'a lu un poème de Heine, en allemand d'abord, puis en yiddish, je le connais encore par cœur, je vous le récite comme il me l'a donné.

Aus meinen Tränen sprießen
Viel blühende Blumen hervor,
Und meine Seufzer werden
Ein Nachtigallenchor.

1 **se balancer:** sich wiegen; gemeint ist die Körperbewegung beim Beten.
14 **dégotter qc:** etwas auftreiben.
16 **le Prussien / la Prussienne:** Preuße, Preußin.
17 **barrer qc:** etwas durchstreichen.

Und wenn du mich lieb hast, Kindchen,
Schenk' ich dir die Blumen all',
Und vor deinem Fenster soll klingen
Das Lied der Nachtigall.

Même en yiddish, je m'en souviens encore. Je vous l'ai dit, je suis une attraction de foire.

Os mane trern vaksn
Fil bliende blimen afir,
Tsi nakhtigal-gezangen
Vert yeder zifts fin mir.

In vest mikh lib hubn, kind mans,
Shenk ikh dir di blimen al',
In far dan fenster zol klingen
Dus lid fin de nakhtigal.

C'est un poème triste. Peut-être une mère penchée sur son enfant. Elle lui offre ses pleurs en brassées et souhaite que ses soupirs soient reçus comme les trilles d'un rossignol. C'est bête, peut-être, mais j'ai pris ce poème comme une preuve d'amour. Aime-moi, mon enfant, je t'offre ces fleurs, et que sonne à ta fenêtre le chant du rossignol. C'était joli, non, cette manière que ce Juif des cavernes avait de m'offrir ses pleurs?

6 **une attraction de foire** (f.): Jahrmarktsattraktion.
16 **en brassées** (f., pl.; fig.): überreichlich (*une brassée:* ein Arm voll).
17 **le soupir:** Seufzer.
18 **la trille:** Triller.
22 **la caverne:** Höhle.

Après avoir récité le poème, il a mis son doigt sur le calendrier des Postes, à la date du 28 décembre. SS Innocents. Les calendriers ont été modifiés depuis. Le changement a dû se produire à la fin des années 1960. Ils se seront rendu compte de l'énormité de la chose. Sur le coup, quand Herman a mis le doigt au-dessous du 28 décembre pour me montrer, j'ai eu une sensation étrange. Mon catéchisme me remontait à la gorge, le roi Hérode, la traque du divin enfant dans son étable entre l'âne et le bœuf qui lui soufflaient leur haleine chaude, le massacre des petits garçons à Bethléem et dans toute la Judée commandé par le souverain. Je voyais en même temps Volker monter l'escalier menant à ma sœur aux jambes écartées. Il faisait claquer sans vergogne les talons de ses bottes sur les marches, le noyer doit encore porter la marque des fers. J'ai cru avoir vécu une petite libération la première fois, presque trente ans plus tard, quand j'ai vu écrit «Saints innocents» sur le calendrier à la date du 28 décembre, la première chose que je regardais sans pouvoir m'en empêcher après avoir donné ses

2f. **SS Innocents:** Der 28. Dezember ist der Tag der unschuldigen Kinder (*SS.* hier Abk. für *Saints*; *innocent, e:* unschuldig).
5 **une énormité:** Ungeheuerlichkeit.
8f. **remonter à la gorge de qn:** jdm. hochkommen.
9 **Hérode:** Herodes (73–4 v. Chr.), jüdischer Herrscher, der für den bethlehemitischen Kindermord verantwortlich gemacht wird.
la traque: Jagd, Hetze.
10 **un âne:** Esel.
11 **la haleine:** Atem.
12 **la Judée:** Judäa; in der Antike amtlicher Name für den südlichen Teil Palästinas.
12f. **le souverain:** Souverän, Herrscher.
17 **les fers** (m.): hier: eiserne Beschläge der Stiefelsohlen.

étrennes au facteur, mais j'ai vite éprouvé la nostalgie de cet instant où Herman a posé le doigt sur le calendrier. Pour me consoler d'avoir vu le jour à une telle date, il a très vite plaqué ses lèvres sur les miennes et m'a envahi la bouche. Un drôle d'anniversaire en vérité, ce jour où j'ai réalisé que le 28 décembre célébrait en raccourci l'impunité des affreux, l'émotion de cet interminable baiser et l'amour ensuite sur la paillasse au fond de la cave.

Avais-je une seule raison de me plaindre de ce Juif sans dieu? Je n'avais cultivé aucune passion pour la théologie. Aurais-je sauvé un rabbin à large barbe des crocs de la Gestapo pour le cacher dans ma cave? Non. Je n'aimais pas l'odeur inévitable de vieille bique qui se dégage d'une barbe, même la mieux entretenue, ces poils en broussaille qui font ressembler un visage au mieux à un pubis, au pire à l'arrière-cuisine d'un restaurant. J'avais sauvé Herman à cause de sa voix fredonnant des Nocturnes et de la pointe de son

1 **les étrennes** (f., pl.): Geldgeschenk zu Weihnachten oder zum Jahreswechsel.
4 **plaquer:** pressen.
5 **envahir la bouche à qn:** jdm. einen Zungenkuss geben.
7 **en raccourci** (m.): in Kurzform.
une impunité: Straffreiheit, Straflosigkeit.
8 f. **la paillasse:** Strohsack.
11 **cultiver qc:** etwas hegen.
13 **les crocs** (m.; fig.): Fänge, Klauen (*le croc:* Fangzahn).
14 **inévitable:** unvermeidlich, zwangsläufig.
14 f. **la bique:** Ziege.
15 **se dégager de qc:** von etwas ausgehen (Geruch).
15 f. **entretenir qc:** etwas pflegen.
16 **en broussaille** (f.): struppig, buschig.
19 **fredonner qc:** etwas trällern.

sein sous sa chemise de troupe. Qu'il fût juif m'importait peu. À moins que je ne l'aie sauvé en souvenir de la mercière. Je ne sais pas, je ne sais plus, c'était il y a longtemps, j'étais jeune. Je dois forcément répondre à cette question? J'ai lu dans les journaux, longtemps après la guerre parce que juste après on ne parlait pas de ces choses-là, qu'un curé de l'Aveyron avait caché un rabbin dans la cabane à outils du cimetière, derrière son église, pendant plusieurs années. En échange de la clandestinité, du vivre et du couvert, le rabbin enseignait l'hébreu au curé. Ils lisaient la Bible ensemble. Le contrat était clair: un verset pour un quignon de pain. Quand le curé voulait aller plus loin, lire un deuxième verset et entendre l'interprétation du rabbin, celui-ci avait droit à un deuxième morceau, sinon ceinture. C'était selon le bon vouloir du curé. Le rabbin était à sa merci. Le rabbin est devenu fou. Le jour de la Libération, il parlait aux Alliés en araméen. Le curé a reçu une médaille: il avait sauvé un Juif. Les Juifs l'ont remercié. Il y a eu des discours, des gens sont même venus d'Israël pour l'occasion. Pourtant, il l'avait fait pour servir ses intérêts, combler des lacunes dans ses connaissances. Mais quand

1 **la chemise de troupe:** Uniformhemd.
7 **l'Aveyron:** Département (12) der Région Midi-Pyrénées.
8 **la cabane à outils** (m., pl.): Geräteschuppen.
10 **la clandestinité:** hier: Verschwiegenheit, Stillschweigen.
12 **le verset:** Vers.
12f. **un quignon de pain:** Brotkanten.
16 **sinon ceinture** (fam.): sonst war Schluss, ‚Sense'.
18f. **l'araméen:** Aramäisch; wichtiger Zweig der semitischen Sprachen, der sich von Syrien über den ganzen Vorderen Orient ausbreitete.
21 **pour l'occasion** (f.): aus diesem Anlass.
22f. **combler des lacunes** (f.): Lücken stopfen.

on lui a remis la médaille, personne ne savait plus qui avait été héros ou traître, lâche ou courageux. C'était une époque où l'on croyait voir en noir et blanc mais on n'y voyait rien, que du gris, une nuit où tous les chiens sont gris.

Moi, je n'ai jamais pratiqué la guelte comme les vendeuses des grands magasins payées au pourcentage et ce curé de l'Aveyron. J'ai découvert ce mot dans le dictionnaire un jour, guelte. Le dictionnaire dit qu'il vient de l'allemand *Geld*. On aurait pu le croire, en effet. Le rédacteur n'a pas caché un Juif dans sa cave pendant la guerre. *Guelte* vient du yiddish, c'est une évidence. Les inventeurs des Grands Magasins étaient des Bloch, comme la mercière, des Kahn, des Meyer, des Bader. On dit allemand pour faire chic.

Il n'y avait pas de contrat entre Herman et moi. Qui a gagné au change? Herman a sauvé sa peau pendant deux ans, trois mois et vingt jours, il a failli la sauver, et j'ai connu l'amour. Si Herman s'était refusé à moi, l'aurais-je évacué de la cave? Allez ouste! Dégage maintenant si tu ne peux plus me servir! Cela aurait été bas de ma part, et dangereux: on aurait su

6 **pratiquer la guelte:** Provision nehmen.
7 **le grand magasin:** Großkaufhaus.
être payé, e au pourcentage (m.): nach der Zahl verkaufter Artikel bezahlt werden.
12f. **c'est une évidence:** das ist ganz klar.
15 **faire chic:** als vornehm gelten.
17 **gagner au change:** beim Tauschhandel gewinnen.
20 **Allez ouste!** (fam.): Marsch, marsch!; dalli, dalli!
20f. **Dégage!:** Hau ab!
22 **bas, se:** hier: gemein.

que j'avais caché un Juif, j'aurais risqué les Barres et tout le toutim.

Maintenant, je connais le yiddish, je suis capable de dire que guelte vient de געלט, mais je n'ai pas grand monde avec qui le parler. Pourtant, à l'oral, c'est plus simple, il n'y a pas de problème de caractères. Je ne vais pas déménager à New York juste pour ne pas perdre. Un jour, j'ai rencontré une Polonaise. Ses parents avaient été concierges à Lublin avant la guerre, dans le quartier juif. Elle avait joué toute son enfance dans la cour de son immeuble avec des enfants juifs. Elle parlait couramment le yiddish. Elle le taisait en général, mais avec moi, elle a bien voulu parler, peut-être parce que je n'étais pas israélite. Elle a aussi trouvé que j'avais un drôle d'accent. C'est pas de ma faute si j'ai enseigné l'allemand toute ma vie. Et en plus, j'ai aimé ça.

Herman était imprévisible, toujours un peu ailleurs sauf quand il me faisait l'amour. Quand il lisait la poésie allemande à voix haute (un peu basse quand même pour ne pas risquer d'être repéré), il me semblait loin, en Orient, entouré de chameaux et de palmiers, et nous étions un peu comme dans le poème: *Ein Fichtenbaum steht einsam*, moi le pin, lui le palmier. En allemand, le pin est masculin, le palmier fé-

1 f. **et tout le toutim** (fam.): und alles weitere, und den Rest.
4 f. **ne … pas grand monde:** nicht viele.
7 f. **pour ne pas perdre:** hier: um (es) nicht zu verlernen.
9 **Lublin:** Stadt in Ostpolen mit heute etwa 330 000 Einwohnern.
18 **imprévisible:** hier: sprunghaft, nicht auszumachen.
21 **repérer qn:** jdn. bemerken.

minin. Il m'apprit que ce poème était inspiré d'un passage du Talmud, une légende juive traditionnelle. Cette idée me choqua. Heine, le grand poète allemand, était juif. Je le savais, je n'y avais pas songé avant de connaître Herman. Je devais m'y faire. Le Talmud.

– Un recueil de lois et de légendes.

– On dit souvent que c'est un livre dangereux.

– On y cherche à savoir si l'œuf de la poule de Groynem trouvé dans la grange de Yankl appartient à Groynem ou à Yankl. C'est dangereux, ça? On y dit que Moïse bégayait parce qu'il avait porté une braise à sa bouche étant enfant. C'est un code civil, et un recueil de contes. Voilà l'arme dangereuse dont vous parlez.

Je n'ai pas cru ce que disait Herman sur le Talmud. On n'avait pas pu brûler un livre en place publique simplement parce qu'il racontait des histoires d'œuf et de poules.

2 **la légende:** Sage.
5 **se faire à qc:** sich an etwas gewöhnen.
10 **la grange:** Scheune.
12 **bégayer:** stottern.
la braise: Glut, glühende Asche.
13 **le code civil:** Bürgerliches Gesetzbuch.

7

Depuis l'explosion de la caserne, la chasse aux résistants s'intensifiait dans la région. Les nazis placardaient des affiches avec les photographies et les noms des terroristes recherchés. Ils avaient tous des mines patibulaires, et des noms à coucher dehors. Zylbersztajn, Szulc, Sztokfisz. Messieurs sz. Des Juifs. Et au milieu, un jour, Friedberg, comme Hans-Joachim, mais avec un autre prénom. Jean. Hans-Joachim était juif? L'idée ne m'avait pas traversé l'esprit. Il était si allemand, si beau. S'il était juif, il n'avait pas pu être envoyé sur le front russe, il ne risquait pas d'y enfourcher ma sœur Anne quand elle y serait expédiée comme prostituée, après la disparition de Volker, on peut toujours rêver. J'avais bien enfoui ce souvenir d'adolescence. Je m'étais raconté une histoire rassurante, Hans-Joachim entré à la *Hitler-Jugend*, Hans-Joachim soldat au service du *Lebensraum*, Hans-Joachim sur le front russe. En fait, il aura quitté l'Allemagne en 1933, ou en 1936, au plus tard en

3 **s'intensifier:** stärker, intensiver werden.
3f. **placarder une affiche:** ein Plakat aufhängen.
5f. **la mine patibulaire:** Galgenvogelgesicht.
6 **le nom à coucher dehors** (fam.): aberwitziger, zungenbrecherischer Name.
10 **traverser l'esprit à qn:** jdm. in den Sinn kommen.
12f. **enfourcher qn** (vulg.): jdn. bumsen.
15 **enfouir qc:** etwas ein-, vergraben; hier: etwas verschweigen.

1938. Ou alors il sera resté à Heidelberg et qui sait ce qui sera advenu de lui. S'il s'est enfui, où est-il allé? Aux États-Unis? Il ne parlait pas l'anglais. En France, alors? J'ai regardé l'affiche plus en détail, le visage, la photographie était floue, j'étais incapable d'identifier quelqu'un. Était-ce lui, ce Jean Friedberg mal rasé? Les Allemands pouvaient difficilement imprimer un prénom allemand sur un avis de recherche, c'eût été comme un aveu de leur folie. J'ai fixé le visage sur la photographie. Ce pouvait être le sien mais la photo était si sombre, comment savoir?

Hans-Joachim se cachait-il quelque part dans la région? Sur le plateau de Roche-Noire, au-delà des dernières fermes, la forêt était dense. Des baraques forestières subsistaient au milieu des arbres, que les bûcherons habitaient lors des coupes de bois. Nous nous y arrêtions, dans mon enfance, pour casser la croûte lors des balades dominicales. Elles n'existent plus à présent. Elles sont tombées en ruine, le toit et les murs se sont effondrés et le bois de leur construction a pourri, il est retourné à la terre. En cherchant bien,

1 f. **ce qui est advenu de qn:** was aus jdm. geworden ist.
5 **flou, e:** unscharf (Foto).
8 **un avis de recherche:** Steckbrief.
9 **un aveu:** Eingeständnis.
14 f. **la baraque forestière:** Forsthütte.
15 **subsister:** noch vorhanden sein.
15 f. **le bûcheron:** Holzfäller.
16 **la coupe de bois:** Holzeinschlag.
17 **casser la croûte:** einen Imbiss zu sich nehmen, vespern.
18 **la balade dominicale:** Sonntagsspaziergang.
21 **pourrir:** verfaulen (dazu: *le pourrissement*).
retourner à la terre: wieder zu Erde werden.

on retrouve un clou forgé, ou un quart en fer-blanc oublié. À l'époque de la guerre, elles étaient debout, ces cabanes. Je décidai de monter un jour au plateau de Roche-Noire pour en avoir le cœur net. J'aurais mené l'enquête, discrètement, j'y connaissais une ancienne camarade de classe de ma sœur, qui avait mieux tourné qu'elle. J'aurais pu retrouver Hans-Joachim, mais qu'en aurais-je fait? Le descendre à la cave, lui aussi? Il n'y avait pas la place pour deux. Et ils se seraient entre-tués, mes deux amours, comme deux grands cerfs se battent pour régner sur la harde. Hans-Joachim n'aurait pas voulu se cacher sous terre. Il était entré en résistance. Il se battait, fièrement. Il était allemand. Si je le lui avais demandé, il aurait liquidé son compatriote du premier. Hans-Joachim, mon ami, mon seul ami, sauve-moi des griffes de ce SS, un coup de pioche dans le dos quand il sera vautré sur ma sœur, pas trop fort pour ne pas embrocher Anne du même geste ou en duel, à la prussienne,

1 **le clou forgé:** schmiedeeiserner Nagel.
le quart: Trinkbecher (für Soldaten).
le fer-blanc: Weißblech.
4 **en avoir le cœur net:** sich Klarheit über etwas verschaffen.
5 **mener l'enquête** (f.): Nachforschungen anstellen.
7 **mieux tourner:** sich besser entwickeln.
10 **s'entre-tuer:** sich gegenseitig töten.
11 **la harde** (arch.): Herde, Rudel.
15 **le premier:** *le premier étage.*
16 **les griffes** (f., pl.; fig.): hier: Zugriff (*la griffe:* Klaue).
17 **la pioche:** Hacke.
17 f. **être vautré, e sur qn** (péj.): auf jdm. liegen, hingestreckt sein.
19 **le geste:** hier: Hieb.
à la prussienne: auf preußische Art (nach dem preußischen Ehrenkodex konnte eine Ehrenrettung nur über das Duell erfolgen).

comme tu voudras. Il aurait suffi que je le lui demande, il l'aurait fait. Herman? Il n'a jamais pensé sortir de sa tanière, alors pour ce qui est d'estourbir Volker. Je ne lui ai pas proposé de s'enfuir. J'aurais pu lui trouver une filière, mon collègue Viallet, enseignant de latin-grec. Je m'en doutais, à l'époque. J'en ai eu la confirmation plus tard, compagnon de la Libération, la classe. Par Viallet, j'aurais pu ménager à Herman une porte de sortie, pour aller faire sauter des ponts. Mais je le voulais à moi. Il n'était pourtant pas tout à fait un héros, au fond de son trou. J'ai dit l'amour, la fascination aussi, je n'ai pas parlé d'admiration.

Le jour où l'assureur m'a balancé mon père avec la fermière bavaroise, j'aurais dû continuer ma phrase rien que pour voir sa tête: «Chacun mène sa barque comme il l'entend. Moi-même, j'ai séquestré un Juif pendant toute la guerre pour pouvoir me le taper à ma guise. Je le nourrissais au compte-gouttes, un morceau de pain contre une turlute. Pour la viande, c'était plus cher.» Il était drôle, cet assureur. C'était méchant pour la mémoire de mon père, de me raconter cette

3 **alors pour ce qui est ...:** erst recht nicht, um ...
5 **la filière:** hier: Möglichkeit zur Fluchthilfe.
7 **la confirmation:** Bestätigung.
8 **la classe** (fam.): hier etwa: hervorragender Mann, Klassemann.
14 **balancer qc à qn** (fam.): jdm. etwas an den Kopf werfen.
15 **bavarois, e:** bayrisch (*la Bavière:* Bayern).
16 **la tête:** hier: Gesicht.
18 **se taper qn** (pop.): sich jdn. (sexuell) reinziehen, jdn. rannehmen.
18f. **à la guise de qn:** nach jds. Lust und Laune.
19 **le compte-gouttes** (f., pl.): Tropfenzähler, Pipette.
20 **la turlute** (pop.): Geschlechtsakt, ‚Nummer'.

histoire. Je n'aurais pas dû lui acheter la voiture. Il rentrait dans la catégorie des gens douteux dont mon père aurait dit: «Celui-là, je ne lui achèterai pas une voiture d'occasion.» J'ai acheté la voiture. Je n'ai pas eu plus de pépins avec celle-ci qu'avec une autre, comme quoi.

Cette façon de me documenter sur la langue yiddish, c'était aussi le moyen de compléter ma formation linguistique, comme on dit de nos jours. Comme le curé de l'Aveyron avec son rabbi. Lui c'était la théologie, moi la linguistique. Après guerre, j'aurais pu être interprète auprès des tribunaux, pour tous les Juifs rescapés qui arrivaient en masse de Pologne et de Russie, fuyant on ne sait quoi pour aller on ne sait où, pouilleux, et qui ne parlaient pas un mot de français. Où avez-vous appris le yiddish? Au fond d'une cave, pendant la guerre, j'y tenais captif un précepteur. Je vous expliquerai. Je vous explique, en fait. Mais après la guerre, je n'avais pas envie de développer. Je voulais oublier Hans-Joachim, Herman, Volker, les hurle-

2 **rentrer dans une catégorie:** sich in eine Kategorie einreihen, zu einer Kategorie gehören.
douteux, -euse: zweifelhaft.
5 **le pépin** (fam.): Panne, Schererei.
6 **comme quoi** (fam.): also was soll's.
7 **se documenter:** sich kundig machen.
8f. **linguistique:** Sprach…, sprachlich (*la linguistique:* Sprachwissenschaft).
12f. **rescapé, e:** (vor dem Tod) gerettet.
15 **pouilleux, -euse:** verlaust, verdreckt.
17 **le précepteur:** Privatlehrer.
19 **développer:** ins Detail gehen, näher ausführen.

ments d'Anne au premier étage, ses sanglots lors de son viol au milieu de la rue et les scellés sur la maison pendant plusieurs mois. Ce ne fut pas facile à expliquer, à la Libération, le SS au premier étage et le Juif à la cave. Et après, le SS à la cave aussi. Car je n'ai pas contacté l'amie d'enfance de ma sœur ni cherché Hans-Joachim sur le plateau de Roche-Noire. J'ai continué à rêver qu'il s'était caché dans la région, je l'imaginais tout proche de moi. Quand j'allais par les rues de la ville, sur mon vélo dont le cadre ne dissimulait aucun message codé pour la Résistance, Hans-Joachim me regardait du haut d'une mansarde ou par la grille d'une bouche d'égout. Tout simplement, il habitait au grand jour, sous une fausse identité, Henri-Jacques Fédeau, les mêmes initiales pour ne pas être trahi par les mouchoirs brodés, il me regardait passer mais je ne le voyais pas. Il était là, à quelques mètres, il ne pouvait pas se faire connaître parce que c'était la guerre. Il se souvenait de moi, l'université, Heidelberg, Thomas Mann et le château de la baronne emplumée. Il aurait voulu crier mon prénom, j'aurais tourné la tête, j'aurais reconnu sa voix rien qu'à ce cri du cœur, j'aurais rebroussé chemin en courant et nous nous serions retrouvés, en pleine rue de ma ville natale où tout le monde me connaissait, plus de dix ans

2 **le scellé:** Amtssiegel.
13 **la bouche d'égout** (m.): Gullyöffnung, Zugang zum Abwasserkanal.
14 **au grand jour:** hier: in aller Öffentlichkeit.
15 **les initiales** (f.): Anfangsbuchstaben, Initialen.
16 **brodé, e:** bestickt.
18 **se faire connaître:** sich zu erkennen geben.
21 **emplumé, e:** hier: mit Federboa geschmückt.
23 **rebrousser chemin:** wieder umkehren.

après s'être quittés à Heidelberg. Mais Hans-Joachim ne pouvait pas crier. Même au grand jour, sous une fausse identité, il était muselé, comme Herman au fond de la cave.

Hans-Joachim n'est jamais venu. Dans la région ou pas, mort ou vif, je ne l'ai pas revu. Quand j'ai cessé d'imaginer qu'il descendrait du plateau de Roche-Noire pour me libérer de Volker, je n'ai plus compté sur personne. J'ai abattu le SS d'un coup de hachoir, comme j'avais dit. Je ne sais pas ce qui m'a pris, il fallait bien en finir avec celui-là, non? Anne avait été demandée d'urgence pour accueillir Cocteau au théâtre municipal. Volker s'est pointé, comme d'habitude. Ma mère était partie à vélo, elle m'avait emprunté le mien, une cousine de la campagne lui avait promis un lapin, elle comptait le faire le dimanche suivant. Je me tenais à la cuisine. J'avais mis de l'eau à chauffer pour me faire un tilleul (ma mère disait tillol), une fois n'est pas coutume, j'attendais qu'elle bouille en admirant le grand cerisier, au jardin, même pendant la guerre, il a donné des fruits magnifiques, ma mère faisait des clafoutis sans trop de farine, aujourd'hui on dirait des gratins de fruits rouges pour faire chic, à l'époque, nous n'arrivions pas à déguster la saveur

3 **être muselé, e:** einen Maulkorb tragen (*la muselière:* Maulkorb).
9 **le hachoir:** Hackmesser.
12 **Cocteau:** Jean C. (1889–1963), französischer Schriftsteller, Filmregisseur und Grafiker.
13 **se pointer:** aufkreuzen, auftauchen.
18 f. **une fois n'est pas coutume** (prov.): einmal ist keinmal.
20 **le cerisier:** Kirschbaum.
22 **le clafoutis:** Süßspeise aus Kirschen, Eiern, Zucker und wenig Mehl.
24 **la saveur:** Geschmack.

des cerises cuites, nous ne pensions qu'à cette farine et aux œufs qui manquaient cruellement. J'ai vu la casquette de SS monter l'escalier du perron sous la fenêtre, et tout à coup, la coupe était pleine, ras le bol, je devais en débarrasser coûte que coûte la famille. Cette décision, plutôt cette impulsion, s'est imposée comme une évidence, une telle situation ne se reproduirait pas, moi nez à nez avec Volker (pas trop près quand même). Je n'ai pas eu le temps de lui fracasser un pot de fleur sur la tête, avec la casquette il ne serait peut-être pas mort, et il y avait les voisins. Je voulais l'avoir en face, le cogner bien comme il faut même s'il faisait deux têtes de plus que moi. Mon sang n'a fait qu'un tour, j'ai ouvert le tiroir de la table, je tremblais mais c'est allé très vite, pas le temps de se dire c'est fou ce n'est pas possible, je risque ma vie, j'ai pris le hachoir dont ma mère se servait pour trancher les poulets et les canards dont chacun sait qu'ils continuent à courir après leur décapitation les réflexes il paraît, et au moment où Volker est apparu

2 **cruellement:** hier: schmerzlich.
4 **la coupe était pleine** (fig.): das Maß war voll.
4f. **(en avoir) ras le bol** (fam.): es satt haben; die Schnauze, die Nase voll haben.
5 **coûte que coûte:** um jeden Preis, koste es, was es wolle.
6 **une impulsion:** Trieb; hier etwa: spontane Entscheidung.
6f. **s'imposer:** sich aufdrängen, nahe liegen.
8 **nez à nez:** hautnah bei.
9f. **fracasser qc:** etwas zerschmettern.
12 **cogner qn:** auf jdn. einschlagen.
13 **faire deux têtes de plus que qn:** zwei Köpfe größer als jd. sein.
13f. **mon sang n'a fait qu'un tour** (fam.): mir stockte das Blut, ich erschrak zu Tode.
19 **la décapitation:** Enthauptung.

dans l'embrasure de la porte, je lui en ai asséné un coup en plein milieu du front, prends ça mon poulet. Volker s'est effondré sans un bruit, c'est si simple de tuer un homme. Le sang a peu coulé, ce fut plus facile pour nettoyer après. Que mangeaient ces SS pour avoir un sang si opaque? J'avais tué d'une main sûre. Volker était affalé à mes pieds, tremblait comme une feuille. La peur s'est emparée de moi d'un coup, entrée par effraction pour me posséder du sol au plafond. Je tremblais de trouille. Quel plaisir y avait-il à zigouiller Volker? Aucun. Volker était encore plus encombrant mort que vif. Sur ses deux pattes (et même à quatre pattes vautré sur ma sœur), il avait protégé la maison des regards indiscrets. Mort, il nous mettait tous en danger. Je ne pouvais pas le sortir de la maison, les voisins. Je l'ai déshabillé, un costume de SS pouvait resservir. Son sexe était de taille normale, ce fut ma surprise, ma déception presque, on se fait parfois des idées. Je l'ai enveloppé dans un drap pour ne pas trop salir, je l'ai traîné vers l'escalier de la cave, j'ai dû le retenir pour qu'il ne dévale pas trop vite, j'ai dégagé l'entrée de la cachette, j'ai rampé d'abord, puis j'ai tiré Volker par les pieds. Herman ne

1 **une embrasure:** (Tür-)Öffnung.
1 f. **asséner un coup à qn:** jdm. einen Schlag versetzen.
6 **opaque:** undurchsichtig; hier: dickflüssig.
7 **affalé, e:** zusammengesackt, niedergesunken.
9 **par effraction** (f.): hier: mit einem Schlag (*une effraction:* Einbruch).
10 **la trouille** (fam.): Angst.
11 **zigouiller qn** (arg.): jdn. abmurksen.
12 **encombrant, e:** sperrig, hinderlich, lästig.
17 **resservir:** später wieder nützlich sein.
21 **dévaler:** hinunterfallen.

s'attendait pas à me voir, dehors il faisait encore jour. J'ai dit Voilà, il ne reste plus qu'à l'enterrer, je vais chercher une pelle. Herman ne comprenait pas ce que venait faire ce corps nu. Il scruta la tête de mort tatouée sur l'épaule du cadavre, sans réagir.

– Je vous présente Volker, il fait un peu partie de la famille, l'amant de ma sœur. J'ignore s'il a lu Heine, j'ai toujours évité de lui parler, mais à présent, c'est trop tard, il ne vous dérangera plus avec ses ronflements.

– Que voulez-vous en faire?

– Je vous l'ai dit, nous allons l'enterrer. Enfin, vous, plutôt. Il faut que je remonte mettre la maison en ordre. Il a un peu saigné.

Herman se montrait totalement passif, et je prenais les initiatives, pour une fois. J'ai rapporté la pelle et l'uniforme de SS, il faudrait laver les taches de sang plus tard, avec de l'eau et du savon, je ne pourrais pas l'apporter à la teinturerie. J'ai passé la serpillière au rez-de-chaussée, la cuisine, le couloir, l'escalier de la cave. Je n'avais pas encore fini de nettoyer quand ma mère est rentrée. Elle m'a dit Qu'est-ce qui te prend? J'ai voulu mentir, inventer un truc, une lubie, le virus du nettoyage, mais elle a vu la casquette de Volker

4 **la tête de mort:** Totenkopf (Tätowierung der SS).
4f. **tatouer:** tätowieren (dazu: *le tatouage*).
9f. **le ronflement:** Schnarchen.
19 **la teinturerie:** (chemische) Reinigung.
passer la serpillière à qc: etwas wischen (*la serpillière:* Scheuertuch).
23 **inventer un truc** (fam.): irgend etwas erfinden.
la lubie: Schrulle, Laune.
23f. **le virus du nettoyage:** hier etwa: Anfall von Putzsucht.

sur le buffet de l'entrée à côté du grand plat en faïence de sa grand-mère, une double casquette même, SS et amant de sa fille: elle se reflétait dans le miroir. Je l'y avais oubliée. La casquette était intacte, Volker venait de l'enlever au moment du coup de machette.

– Tu l'as tué?

– Oui.

– Où est-il?

– C'est pas important.

– Et Anne?

– Un SS, ça naît, ça vit, ça meurt.

Ma mère ne dirait rien. La neutralité faite femme. Volker s'est volatilisé, sa disparition est restée un mystère non élucidé. Les Allemands avaient autre chose à penser. Les Alliés étaient à quelques centaines de kilomètres, il leur fallait se concentrer sur les priorités: plier bagages, assurer leur retraite et déporter les derniers Juifs. Certains soldats désertaient, peut-être Volker en avait-il fait autant. Ma sœur ne décolérait pas. Volker était parti sans prendre congé. Quel affront lui avait fait ce Boche. Au bout de quel-

5 **la machette:** Machete (südamerikanisches Buschmesser, Hackmesser).
12 **faite femme:** Frau geworden.
14 **non élucidé, e:** nicht gelöst, ungelöst, nicht aufgeklärt.
17 **la priorité:** Priorität; hier: Hauptsache.
plier bagages (m.): die Koffer packen.
la retraite: hier: Rückzug.
17 f. **déporter qn:** jdn. deportieren, verschleppen (dazu: *la déportation*).
19 **en faire autant:** dasselbe tun.
19 f. **ne pas décolérer:** sich vor Wut nicht wieder einkriegen.
21 **un affront:** Beleidigung, Brüskierung.

ques jours, je la voyais se trémousser comme une saleté. En moins d'une semaine, elle s'en était trouvé un autre, un ancien de la LVF comme son défunt époux, un miraculé du front de l'Est, il boitait, blessure de guerre, mais ses capacités étaient intactes du moins si j'en crois les glapissements de ma sœur au premier étage.

Herman m'avait obéi. Il avait enterré le corps de Volker, comme je le lui avais ordonné. Au début, il était réticent, il ne voulait pas cohabiter avec ce SS, mais la cave était le seul endroit où l'on pouvait faire disparaître un corps dans cette maison. Au grenier, Volker n'aurait pas tardé à empuantir le quartier, au jardin, c'était inconcevable, même si l'on pouvait espérer que la terre sous le cerisier ne ferait qu'une bouchée des chairs du Fritz, les racines de l'arbre finiraient par enkyster son squelette. Herman avait tenté de me convaincre de l'enterrer dans la cave à vin, de l'autre côté de la cloison, mais c'était plus risqué. Lorsqu'il

1 **se trémousser:** sich aufreizend bewegen.
1 f. **la saleté** (fam.): hier: Flittchen.
4 **le miraculé:** hier: jd., der wie durch ein Wunder überlebt hat.
boiter: hinken.
5 **les capacités** (f., pl.; iron.): sexuelle Potenz.
6 **le glapissement:** hier: (bellendes) Lustgeheul.
10 **réticent, e:** widerspenstig.
cohabiter avec qn: mit jdm. zusammenwohnen.
13 **empuantir qc:** etwas mit Gestank erfüllen.
14 **inconcevable:** unvorstellbar.
15 f. **ne faire qu'une bouchée de qc** (fam.): mit etwas schnell fertig werden, kurzen Prozess machen; mit etwas leichtes Spiel haben (*la bouchée:* Bissen).
17 **enkyster qc:** hier: etwas überwuchern.

comprit que je resterais intraitable, il s'exécuta. Le temps jouait en ma faveur, car Volker ne tarderait pas à se décomposer.

Le sol de la cave était tendre, notre maison se situait dans une boucle de la rivière, construite sur des terres alluviales, un coup d'œil au jardin permettait de confirmer le diagnostic géologique: la végétation y était luxuriante, on crachait un noyau de cerise dans l'herbe et quatre ans plus tard on pouvait récolter de quoi faire des dizaines de bocaux de confiture. Avant guerre, mon père passait son temps, à la fin de l'hiver, à tailler les arbres, et nous brûlions le bois dans les cheminées de la maison, nous étions presque autosuffisants, c'est pourquoi, durant les hostilités, il faisait un tout petit peu plus chaud chez nous que chez les autres, sauf que notre bois était partiellement réquisitionné. C'était quelque chose, cette maison, un fief familial, construite en 1905 par mes grands-parents ma-

1 **intraitable:** unbeugsam, nicht umzustimmen, eisern.
s'exécuter: sich ans Werk machen.
2 **jouir en faveur de qn:** jdn. begünstigen, sich zu Gunsten von jdm. auswirken.
3 **se décomposer:** verwesen.
5 **la boucle:** (Fluss-)Windung, Schleife.
5f. **les terres alluviales** (f., pl.): Schwemmland.
7 **le diagnostic:** Diagnose.
8 **luxuriant, e:** üppig.
le noyau: (Obst-)Kern.
10 **le bocal:** größeres, bauchiges Glas.
13f. **autosuffisant, e:** selbstversorgend, autark.
14 **les hostilités** (f.): hier: Kriegshandlungen.
16 **partiellement:** teilweise.
17 **le fief** (arch.): Lehen; hier: Erbstück.

ternels sur ce qui était une campagne couverte de cultures maraîchères. Au fil des ans, la ville avait gagné. D'autres maisons s'étaient construites, la campagne plantée de poireaux et de laitues était devenue un quartier petit-bourgeois, des enseignants, des employés de la ville, quelques commerçants. Les Juifs habitaient plus près du centre, entre l'avenue Victor-Hugo et la place Giraudy, un maire sous le Second Empire, que certains appelaient la place Yihoudi. Depuis l'Occupation, elle était devenue la place volets clos. Les portes des appartements avaient été mises sous scellés, les propriétaires envolés. Partis en Suisse, tapis dans des caves comme des taupes, ou expédiés aux Barres et ensuite plus rien. Et moi, avec mon Juif à la cave. Avant la guerre, je ne pensais jamais aux Juifs, enfin presque jamais, quand même en passant place Giraudy, je regardais par les hautes fenêtres les grands lustres de cristal à l'intérieur des appartements et je ne pouvais m'empêcher de penser que ces maisons étaient habitées par des israélites, mais c'est tout, rien d'autre. Avec Herman à la cave, c'était devenu une obsession, et ça l'est resté. J'ai ce Juif en moi, à présent, ce Herman, et pour toujours. Il m'a même collé sa langue, par-dessus le marché.

2 **maraîcher, -ère:** Gemüse…
4 **le poireau:** Lauch.
la laitue: Kopfsalat.
5 **petit-bourgeois, -oise:** kleinbürgerlich.
9 **Yihoudi:** Yehudi (jüdischer Vorname).
10 f. **la place volets clos:** Platz mit geschlossenen Fensterläden.
11 f. **mettre qc sous scellés:** etwas amtlich versiegeln.
13 **la taupe:** Maulwurf.
22 **une obsession:** quälender Gedanke, Vorstellung, die einen nicht loslässt.
24 **par-dessus le marché:** obendrein, überdies.

Quand nous avons rebouché le trou de Volker (j'avais aidé Herman), j'ai dit On pourrait faire pousser des salades, comme dans le bon vieux temps. Herman a rajouté «Des endives». Et des champignons, bien blancs, on aurait la médaille des champignons les plus blancs aux prochains comices agricoles, faute de la croix de guerre. Nous avons facilement retourné cette terre arable, la même sur laquelle nous nous étions si souvent couchés pour nous aimer. Nous avons fait notre petit labour de cette terre battue. Volker ne valait pas une messe, il est mort comme une vache à l'abattoir, un coup de hachoir et c'est fini sans beugler. Je me souviens du bruit de son corps s'affalant sur le parquet en noyer de l'entrée. Flof. Volker s'est volatilisé, personne n'a su où il avait disparu, je l'ai tu jusqu'aujourd'hui. Là-bas, en Allemagne, une mère a ignoré ce qu'est devenu son fils, une épouse a espéré des années que son mari reviendrait, on frappait à la porte, elle sursautait chaque fois et se retenait de dire *das ist Volker* mais elle allait ouvrir fébrile, elle espérait, c'était le facteur, la crémière, le représentant des lessives Henkel qui vendait des savons à base de

6 **les comices agricoles** (m., pl.): Landwirtschaftsmesse, -ausstellung.
7 f. **retourner la terre:** den Boden umgraben, pflügen
8 **arable:** für den Ackerbau, Anbau geeignet.
10 **le labour:** hier: Acker.
10 f. **ne pas valoir une messe:** keine Messe wert sein.
11 f. **un abattoir:** Schlachthaus.
12 **beugler:** brüllen (Kuh, Stier).
14 **une entrée:** hier: Diele.
19 **sursauter:** zusammenzucken.
21 **la crémière:** Milchhändlerin.
22 **les lessives** (f., pl.) **Henkel:** Waschmittel der Marke Henkel.
à base de: auf der Basis von.

graisse animale, l'employé du gaz, jamais Volker. Ses enfants étaient tout petits quand il s'est engagé dans la SS. Un garçon et une fille, ou deux garçons, peu importe, blonds, si blonds, gélatineux à force d'être blonds, d'ailleurs la mère a reçu les félicitations du Führer en personne pour la blondeur de ses enfants, elle avait encadré la lettre marquée de l'aigle impériale (toujours féminin dans ce cas) et de la croix gammée et l'avait accrochée au-dessus de la cheminée dans laquelle on ne faisait jamais cuire de viande parce que ça sentait mauvais, elle a décroché le cadre quand les Russes sont arrivés et l'a caché au grenier, un des souvenirs qui lui restait de sa courte vie avec Volker. Les enfants, Helmut et Ursula, racontaient que leur père était parti à la guerre, la Croisade, on ne leur avait pas dit qu'il était dans la SS et au contraire de certains de leurs petits camarades dont le père est revenu, ils ne découvriront pas le costume de la *Schutzstaffel* dans une armoire du grenier par hasard en cherchant des robes de grands-mères pour se déguiser et ils ne sauront pas que leur père a fait partie de l'élite allemande, la race des seigneurs, de bons pères de famille, des époux modèles qui exécutaient des Juifs par milliers d'une balle dans la nuque au bord

1 **la graisse animale:** tierisches Fett.
un employé du gaz: Gasmann, Gasableser.
3f. **peu importe:** egal.
4 **gélatineux, -euse:** gelatineähnlich, gallertartig.
4f. **à force d'être blond, e:** bei so viel Blondheit.
5 **les félicitations** (f.): Glückwünsche.
7 **une aigle impériale:** Reichsadler (als Wappentier; sonst: *un aigle:* Adler).
15 **la Croisade:** Kreuzzug.

d'une fosse, de ces héros qui mettaient le feu aux églises après y avoir enfermé la population d'un village pour assurer un avenir radieux à leur descendance dans un monde lavé de toute souillure et se payaient une bonne bière bien fraîche en rentrant chez eux après une grosse journée de boulot. Les enfants de Volker développeront la culpabilité moyenne des jeunes Allemands d'après-guerre de faire partie de ce peuple qui a voulu par tous les moyens en faire disparaître un autre pour on ne sait quelle raison, peut-être seulement parce que cet autre parlait une langue proche mais pas assez distinguée, compréhensible mais si peu prussienne et qu'il fallait en finir avec ce bâtard philologique, cet autre trop autre. Helmut et Ursula ne développeront pas la bonne grosse énorme monstrueuse culpabilité des enfants de SS, des rejetons de ceux qui envoyaient des cartes d'anniversaire à leurs enfants chéris *Ich liebe dich, dein Vati* en rentrant du travail et au travail ils avaient liquidé vingt Tsiganes, cinquante Juifs, dix homosexuels à moins que ce ne fût vingt wagons de Tsiganes, cinquante wagons de Juifs et dix wagons d'homosexuels, ils ne se souviennent plus que des nombres pas de l'unité de mesure mais quelle importance, l'essentiel était que les additions tombent juste. Combien de personnes Volker

1 **la fosse:** Grube.
4 **se payer qc:** sich etwas leisten.
6 **le boulot** (fam.): hier: Schufterei.
12 **distingué, e:** vornehm.
compréhensible: verständlich.
13f. **le bâtard philologique:** hier: minderwertige Sprachvermischung.
16 **le rejeton:** Sprössling.
18 **chéri, e:** geliebt.

a-t-il tuées pendant la guerre, combien de garçons a-t-il torturés, combien de filles a-t-il violées? Combien de sœurs a-t-il baisées?

Les enfants de Volker n'ont pas su tout cela parce que l'uniforme de leur père est resté en France, pas dans la cave avec le cadavre de leur père, autre part, où?

Aurais-je dû déterrer le squelette de Volker après la guerre et le renvoyer à Frau Hammerschimmel, les os soigneusement rangés dans une grande boîte et le crâne posé par-dessus, discret et délicat rappel du tatouage que Volker portait à l'épaule et de l'élégant écusson qui décorait sa casquette?

2 **torturer qn:** jdn. quälen, foltern.
6 **autre part:** anderswo.
8 **déterrer qc:** etwas ausgraben.
10 **soigneusement:** sorgfältig.
11 **le rappel:** Erinnerung.
13 **un écusson:** hier: Abzeichen mit Adler und Hakenkreuz.

8

Herman n'admettait pas le SS enterré sous lui. Il ne dormait plus, en quelques jours il est devenu très nerveux, lui qui avait patiemment supporté sa réclusion. La terre brûlait sous ses pieds. J'ai commencé à regretter de l'avoir contraint à supporter cette présence. Vivre sur un cimetière. Nous ne faisions plus l'amour, Herman n'en avait pas envie, il semblait ne plus me désirer, j'ai essayé de l'émouvoir, sans succès. Son sexe pendait entre mes mains, entre mes lèvres, et il attendait un rien agacé que je me décourage.

– Je ne peux plus vivre avec ce mort.

– Oubliez-le, il n'est plus là. Il n'a jamais existé.

– Je le sens en permanence. Il me rend fou. Ça pue le mort, ici. Regardez, la terre n'est plus lisse comme avant, elle fait une bosse, on voit très bien où il est enterré. Bientôt, des démons vont surgir.

– Qu'est-ce que vous racontez?

– Vous n'avez jamais remarqué, la nuit, ces lueurs dans les cimetières? Quand j'étais petit, j'allais rendre visite de temps en temps à ma grand-mère à la cam-

4 **la réclusion:** Eingesperrtsein, Abgeschiedenheit.
9 **émouvoir qn:** hier: jdn. sexuell erregen.
14 **en permanence** (f.): ständig, andauernd.
puer qc: nach etwas stinken.
16 **la bosse:** Buckel.
17 **le démon:** Dämon, Teufel.
19 **la lueur:** (schwaches) Licht.

pagne. Elle habitait près du cimetière et j'allais rôder alentour, la nuit.

– Ce sont des feux follets.

– Des démons, vous dis-je.

Étranges croyances pour un homme qui aimait Heine.

Herman étouffait. Les Alliés étaient à une centaine de kilomètres, les Boches pliaient en retraite. Herman menaçait de sortir de la cave, comme ça, en plein jour, il monterait l'escalier un matin et demanderait à ma sœur de lui chauffer un bol de café. Je lui dis Vous êtes fou. Il me répondit Et enterrer un SS dans cette cave, ce n'est pas fou?

Il devenait impossible de l'empêcher de sortir. J'ai pensé que je pourrais lui trouver une autre cachette, en attendant la libération de la ville, mais il fallait quitter la maison, les voisins étaient à l'affût, tout se savait, c'était déjà une chance que personne ne nous ait vus entrer quand j'avais sauvé Herman et que je l'avais installé à la cave. La vieille mère Christophe se tenait sur son balcon du matin au soir en cette belle fin d'été. Herman ne pouvait pas sortir de jour, et la nuit, c'était risqué, il y avait toujours le couvre-feu. J'aurais voulu qu'il reste à la cave, mais s'il se refusait à moi, cela ne servait à rien de le tenir reclus. J'ai

2 **alentour** (adv.): in der Gegend, in der Umgebung.
3 **le feu follet:** Irrlicht.
7 **plier en retraite:** den Rückzug antreten.
16 **être à l'affût** (m.): auf der Lauer liegen.
16f. **tout se savait:** alles kam heraus, alles wurde publik.
24 **tenir qn reclus:** jdn. eingesperrt halten.

accepté de le faire sortir. J'ai pensé à l'uniforme SS. Il passait tant de monde dans cette maison, à cause d'Anne. Herman pourrait s'échapper à la tombée du jour, entre chien et loup, c'était le moment où la vieille Christophe allait à la soupe, et les autres voisins ne feraient pas la différence à cause de l'uniforme. Je lui ai soumis l'idée. Herman ne supportait tellement plus la cave qu'il accepta.

– Nous reverrons-nous ailleurs que dans cette cave? Me ferez-vous encore l'amour?

– La France sera bientôt libre.

C'est ce que je craignais. Herman ne me devrait plus rien, m'aimerait-il encore? Était-il si important qu'il m'aimât? La Libération n'amènerait rien de bon, elle nous séparerait forcément.

Je l'ai aidé à enfiler l'uniforme de Volker. Il était bien coupé. Je ne pourrais pas dire qu'il lui allait bien, mais les coutures étaient solides et fines. Les nazis mettaient grand soin à vêtir leurs SS. Le fabricant avait un bon styliste, la maison Boss, d'après ce que j'ai entendu dire. Si Hugo peut rivaliser d'élégance avec les plus grands couturiers français, c'est grâce à son père, à qui Hitler a laissé le soin d'habiller la SS

3f. **à la tombée du jour:** bei, mit Einbruch der Dunkelheit; bei Eintritt der Dämmerung.
4 **entre chien et loup:** bei hereinbrechender Dunkelheit, in der Abenddämmerung.
19 **vêtir qn:** jdn. einkleiden.
20 **le styliste:** hier: Designer.
la maison Boss: von Hugo Boss gegründetes Modehaus für Männermode mit Stammsitz in Metzigen (Baden-Württemberg).
22 **le couturier:** hier: Modeschöpfer.

de Dunkerque à la Crète. Il a pu faire ses gammes, affûter ses gabarits, éprouver ses machines à coudre avec des dizaines de milliers d'uniformes. Au Führer, la Haute Couture reconnaissante.

Herman en Volker, c'était insupportable, la casquette surtout. Voyant mon effroi, Herman en rajouta. Il se mit au garde-à-vous, claqua des talons et parcourut la cave de long en large au pas de l'oie. Volker gisait juste en dessous.

J'ai fourré les vêtements et les chaussures de Herman dans un sac, je les ai dissimulés sous un arbre, au bord de la rivière, non loin d'un pont, un lieu peu fréquenté. J'ai expliqué à Herman comment s'y rendre, c'était simple. Vers huit heures, le jour commençait à tomber, Herman est sorti de la cave. C'était un peu plus tard que prévu, ma sœur avait traîné dans le salon avant de monter dans sa chambre. Ma mère était restée en cuisine, mais elle continuerait à se taire, c'était certain. Herman a monté l'escalier, il a traversé l'entrée, il est passé devant la cuisine. Il a salué ma

1 **la Crète:** Kreta.
la gamme: hier: Modekollektion *(la gamme:* Tonleiter, Palette).
1 f. **affûter qc:** hier: etwas präzisieren, verfeinern.
2 **le gabarit:** hier: Schneiderschablone.
éprouver qc: hier: etwas erproben.
4 **reconnaissant, e:** dankbar.
5 **insupportable:** unerträglich.
6 **en rajouter:** noch eins drauf setzen.
8 **il gisait** (verbe défectif: *gésir*): er lag (Toter) (vgl. auch *ci-gît:* hier ruht).
10 **fourrer:** (hinein)stopfen.
16 **traîner:** herumtrödeln.

mère avec respect, ma mère effarée de voir surgir un SS de sa cave qui n'était pas Volker, Volker ressuscité mais pas tout à fait lui, pas son SS, celui auquel elle s'était habituée à force, un autre, plus grand, plus beau. L'heure n'était pas aux explications. Herman est sorti. De la fenêtre du salon, je l'ai regardé discrètement ouvrir la porte du jardin. Il l'a refermée calmement, il s'est retourné et a poursuivi sa route, je ne voyais plus que sa nuque brune, un vrai SS, à s'y méprendre. Il a pris à droite, comme je le lui avais dit. Il a disparu au coin de la rue. Ma mère astiquait. Elle alla refermer la porte de la cave et mit la clé dans sa poche. Elle ne posa pas de questions ce jour-là, ni les suivants. Elle est morte vingt-quatre ans plus tard sans que nous ayons reparlé du passage de ce SS dans le couloir. C'était ma mère, une machine à engloutir la réalité sans jamais la recracher, une grosse caisse qui a passé sa vie à se remplir de tout ce qu'elle a cru bon cacher, enfouir, ces vérités brûlantes qui parsèment une vie et sont mortelles si l'on ne s'en sert pas. Ma mère est morte d'un cancer du colon, elle aurait bien voulu se faire enterrer dans le jardin de la maison que ses parents avaient fait construire dans la

1 **effaré, e:** entsetzt.
2 **ressuscité, e:** von den Toten auferstanden (*ressusciter:* auferwecken, wieder lebendig machen).
4 **à force:** gezwungenermaßen.
5 **L'heure n'était pas aux explications:** Es war keine Zeit für Erklärungen.
9f. **à s'y méprendre:** zum Verwechseln ähnlich, täuschend ähnlich.
10 **prendre à droite:** nach rechts abbiegen.
17 **recracher qc:** etwas (wieder) ausspucken.
19f. **parsemer la vie:** hier: sich durch das Leben ziehen.
21 **le cancer du colon:** Dickdarmkrebs.

boucle de la rivière, mais la loi l'interdisait, en temps de paix, de ce que l'on appelait la paix, la paix extérieure, il y avait les cimetières pour les morts. Les caves n'ont pas été rendues à leur usage séculaire car on ne conserve plus les pommes de terre, on les achète à la petite semaine au supermarché. Les celliers, les buanderies ne servent plus à rien, ils se remplissent d'objets usagés que l'on espère exhumer un jour mais quand on le fait, ils ont moisi, ils sentent une forte odeur de salpêtre et sont bons pour la décharge. La buanderie de la maison familiale ne sert plus. Il reste le grand bassin en pierre dans lequel ma grand-mère lavait le linge mais l'eau n'y a pas coulé depuis plusieurs décennies. On a fixé un tuyau au robinet pour arroser le jardin. Le bassin est recouvert d'une planche à laver et sur celle-ci est posée une minuscule lessiveuse, non pas celle dans laquelle ma grand-mère faisait bouillir le linge, elle a disparu on ne sait où depuis l'invention des machines à laver, mais un jouet que l'on avait offert à ma mère quand elle était petite, le seul élément qui reste de toute une maison de poupées, la petite lessiveuse, on y cache les clés et la moitié de la ville sait que les clés sont dans la petite lessi-

4 **séculaire:** jahrhundertelang.
5f. **à la petite semaine:** nach Bedarf.
6 **le cellier:** Weinkeller.
8 **exhumer qc:** etwas ausgraben.
10 **le salpêtre:** Salpeter, stechend riechende Stickstoffverbindung.
la décharge: Müllhalde.
14 **le tuyau:** Schlauch.
15f. **la planche à laver:** Waschbrett.
16f. **la lessiveuse:** Waschkessel.
21f. **la maison de poupée:** Puppenhaus.

veuse, il suffit de soulever le couvercle puis le champignon en métal qui servait à la circulation de l'eau et les clés sont au fond. Pendant l'Occupation, la petite lessiveuse était déjà là, mais sur une étagère au-dessus du bassin car on y lavait du linge, et les clés se trouvaient à l'intérieur. On craignait beaucoup, durant cette guerre, mais pas qu'un inconnu pût s'introduire nuitamment dans votre maison. Moi, j'avais un peu peur, un voleur pouvait venir, descendre à la cave et découvrir Herman, mais je ne pouvais pas demander à ma mère d'enlever les clés de la petite lessiveuse, je les y avais toujours vues, ma requête aurait paru suspecte.

Après que Herman a quitté la maison dans son uniforme de SS, j'ai continué à l'imaginer tout au long du parcours que je lui avais indiqué. Rue Matignon, à gauche rue Mordillat, tout droit jusqu'à la place du Sacré-Cœur, puis la rue des Bons-Enfants, le chemin de terre à hauteur du 18, le chemin de halage, l'arbre, le sac. Herman se déshabille dans la nuit, il se débarrasse de cette peau d'assassin qui lui sauve la vie pour retrouver ses habits d'homme. Herman est en sous-vêtements au bord de la rivière. Porte-t-il les miens ou ceux de Claude ce soir-là? C'est l'été. Le croissant

2 **la circulation:** hier: Verteilung.
8 **nuitamment:** nächtens, des Nachts.
12 **la requête:** Ersuchen.
13 **suspect, e:** verdächtig.
18f. **le chemin de terre:** nicht befestigter Weg.
19 **le chemin de halage:** Treidelpfad.
24f. **le croissant de lune:** Mondsichel.

de lune se reflète, déformé, dans l'eau sombre. Il éclaire délicatement le corps de Herman que je n'ai jamais vu dans cette lumière avantageuse, je ne le connais qu'au fond d'une cave, dans des odeurs de renfermé, de poussière et de terre battue. Sur la berge, ça sent les herbes mouillées de rosée, la menthe fraîche, la feuille de noyer. Et la rivière coule. La chaleur de l'été n'assèche pas les cours d'eau dans ce pays de montagnes, elle fait fondre les glaciers et la rivière charrie l'eau boueuse venue des sommets, branchages, troncs d'arbres, cadavres parfois en cette époque où il est facile de régler ses comptes.

Herman n'a pas fait le parcours jusqu'au bout. Le téléguidage n'a pas fonctionné comme je l'espérais, le système s'est grippé en chemin. Dans la rue des Bons-Enfants, devant le numéro 12, il s'est effondré, fauché par une rafale de mitraillette. Un coup de la Résis-

1 **se refléter:** sich spiegeln.
déformé, e: hier: verzerrt.
3 **avantageux, -euse:** vorteilhaft.
5 **sentir le renfermé:** stickig, abgestanden riechen.
5f. **la berge:** (Fluss-)Ufer.
6 **la rosée:** Tau.
la menthe: Minze.
8 **assécher qc:** etwas austrocknen.
le cours d'eau: Wasserlauf.
9 **le glacier:** Gletscher.
10 **charrier:** hier: mitführen.
boueux, -euse: schlammig.
10f. **le branchage:** Astwerk.
12 **régler ses comptes** (m., pl.; fig.): (mit jdm.) abrechnen.
13f. **le téléguidage:** Fernsteuerung.
15 **se gripper:** ins Stocken geraten, den Dienst versagen.
16 **faucher qn:** jdn. niedermähen.

tance qui voulait se faire un SS quelques jours avant la Libération. Un homme a tiré, un autre est tombé. Jean Friedberg peut-être à un bout de l'arme, Herman à l'autre bout, abattu on ne sait pourquoi. J'ai passé quarante ans à tenter de lui faire obtenir le statut de mort pour la France, sans succès. J'ignore pourquoi j'ai mis tant d'années à baisser les bras contre l'administration, car ce statut n'aurait profité à personne, Herman est mort sans enfants, du moins à ma connaissance. Dans quelle case du ministère des Anciens Combattants entre un Juif liquidé dans un costume de SS? La guerre n'est pas un carnaval. Chacun y a son emploi et doit le tenir. Le résistant résiste, le Juif se terre, la sœur écarte les jambes et attend l'Allemand, et moi, j'ai navigué entre ces personnages, branche rongée par le pourrissement, billot abandonné au fleuve. J'ai trouvé un amour en pleine guerre, là où je n'en avais jamais connu. Je l'ai perdu dans les dernières heures de l'Occupation. C'est absurde. Et si Herman avait survécu? J'aurais emménagé avec lui? Encore plus absurde.

Herman a fini dans la rivière. Sur le coup, je n'ai pas eu le cran de ramasser le corps pour lui donner

1 **se faire qn** (fam.): jdn. erledigen.
5 **faire obtenir qc à qn:** jdm. etwas verschaffen.
7 **baisser les bras contre qn:** sich von jdm. geschlagen geben.
10 **la case:** Schubfach, Schublade.
10 f. **les Anciens Combattants:** Kriegsveteranen.
12 **le carnaval:** Karneval.
15 **naviguer:** (hin und her) driften, pendeln.
16 **rongé, e:** zerfressen (Holz).
le billot: (Holz-)Block, Klotz.
20 **emménager avec qn:** mit jdm. zusammenziehen.
23 **le cran** (fam.): Mumm, Schneid.

une sépulture décente. Il faut se replacer dans le contexte, qui aurait osé ramasser un cadavre de SS au risque de subir le même destin. N'est pas Antigone qui veut. Ce n'est qu'après la Libération que j'ai raconté toute l'histoire, et encore, ce n'était pas simple, car le pays n'acceptait qu'une vérité, celle des héros, des vainqueurs, des résistants de la première heure qui n'ont jamais eu autant de partisans qu'en 1945.

Après la guerre, j'ai attendu la mercière, madame Bloch, mais elle n'est pas rentrée, du moins pas à ma connaissance. J'ai longtemps gardé en moi ce remords de l'avoir laissée filer, et je n'osais pas ranimer son souvenir. Je n'y pensais pas, mais la mercière restait tapie en moi, dans un coin, prête à bondir. Je ne pensais qu'à Herman, un peu à Hans-Joachim. J'ai eu longtemps des aigreurs d'estomac, ce devait être madame Bloch.

J'ai continué à enseigner l'allemand, que savais-je faire d'autre? Ma mère est morte, mon père est mort,

1 **la sépulture:** hier: Bestattung.
décent, e: würdig, anständig.
1f. **se replacer dans le contexte:** hier: sich in die Situation, in die Zeit versetzen.
3f. **N'est pas Antigone qui veut:** Anspielung auf die Figur der Antigone in der Tragödie von Sophokles, die lieber in den Tod geht, als sich dem Verbot Kreons, ihren Bruder zu bestatten, zu unterwerfen.
5 **et encore:** und auch dann.
8 **le partisan:** Anhänger.
11 **le remords:** Gewissensbiss.
12 **ranimer qc:** etwas wieder aufleben lassen.
16 **une aigreur d'estomac** (m.): Sodbrennen, saurer Magen.

ma sœur Anne s'est tuée en voiture sur une route nationale, elle a voulu doubler un camion mais un autre venait en face, elle se l'est pris de plein fouet, sa voiture s'est encastrée dans le radiateur du camion, le chauffeur a eu très peur, il se peut même que la mort de ma sœur lancée à pleine vitesse sur cette route de campagne l'ait traumatisé à vie. J'habite la maison de ma mère. Je ne parviens pas à l'occuper autant qu'elle, elle est trop grande pour moi, juste la chambre, le bureau et la salle de bains du premier étage, un peu la cuisine. La salle de séjour du rez-de-chaussée prend la poussière, comme les autres pièces. Elles somnolent et se réveillent une fois l'an, quand ma sœur Isabelle, qui est encore très gaillarde pour son âge, elle a pourtant six ans de plus que moi, débarque pour la Toussaint, avec ses enfants et petits-enfants. Maintenant que ses parents et sa sœur se trouvent au cimetière, Isabelle ne rate jamais le pèlerinage. Elle est à la tête d'une belle famille, bien vivante, qui fait plaisir à voir.

3 **se prendre qc de plein fouet:** mit voller Wucht mit etwas zusammenstoßen.
4 **s'encastrer:** sich (hinein)schieben, sich verkeilen.
le radiateur: Kühler.
6 **être lancé, e à pleine vitesse:** mit vollem Tempo dahinschießen.
7 **à vie:** für das ganze Leben.
8 **occuper:** hier: ausfüllen.
12 **prendre la poussière:** Staub ansetzen.
13 **somnoler:** dahindämmern.
14 **gaillard, e:** munter und rüstig.
15 **débarquer** (fam.): hier: aufkreuzen.
18 **rater qc:** etwas verpassen.
le pèlerinage: Pilgerfahrt.

Je suis en retraite depuis plus de vingt ans. Après mai 1968, le lycée est devenu mixte. J'ai enseigné l'allemand à la moitié de la ville. Mes premières élèves ont déjà pris leur retraite à leur tour. Je vois parfois certains anciens à la télévision, d'autres m'envoient leurs vœux, une fois l'an. J'ai même eu un ministre il n'y a pas si longtemps, son père avait été milicien pendant l'Occupation, la fibre politique se transmet d'une génération à l'autre.

Avec les années, le souvenir de madame Bloch a resurgi. J'ai cherché sa trace. Que lui était-il arrivé après que je l'avais vue pour la dernière fois aux Barres? Je n'ai pas pu accéder aux archives, fermées au public pendant plusieurs décennies. À la fin des années soixante-dix, j'ai lu dans le journal un article sur un ouvrage qui venait de paraître, le *Mémorial de la déportation des Juifs de France*, une sorte d'annuaire qui recensait les Juifs déportés. Je n'ai pas trouvé le nom de madame Bloch. Je ne savais pas où chercher, parce qu'après notre ville, elle avait dû être envoyée à Drancy, ou dans un autre camp d'internement français. Il y a plus de 75000 noms dans ce

4 **prendre sa retraite:** in Rente gehen.
5 **les anciens** (m.): Ehemalige.
6 **les vœux** (m.): gute Wünsche zum Geburtstag, zu Weihnachten, zum Neuen Jahr.
8 **la fibre:** Faser; hier (fig.) Ader.
se transmettre: hier: vererbt werden.
13 **accéder à qc:** Zugang zu etwas haben.
17 **un annuaire:** Register.
18 **recenser qn:** jdn. registrieren, erfassen.
21 **Drancy:** französisches Internierungslager in der Nähe von Paris.

livre, et des centaines de Bloch. J'ai passé des années à parcourir les pages de l'annuaire dans l'espoir de la dénicher.

Blaywas Joseph
Blazer David
Bloch Jacques
Bloch Joseph
Bloch Toni
Blochowa Max
Block Marcel
Blum Johanna
Blum Léopold
Blum Samuel
Blumenfeld Oscar

Ces pages de noms me renvoyaient à la liste des verbes forts que j'avais apprise au collège:

backen	buk	gebacken
beginnen	begann	begonnen
beißen	biss	gebissen
bergen	barg	geborgen
bieten	bot	geboten
binden	band	gebunden
bitten	bat	gebeten
blasen	blies	geblasen
bleiben	blieb	geblieben
braten	briet	gebraten
brechen	brach	gebrochen

15 **renvoyer qn à qc:** jdn. auf etwas verweisen.

En parcourant les listes, mes yeux se sont posés sur le propriétaire du dictionnaire de la littérature yiddish que j'avais dans ma bibliothèque. Moszek Cymbalista, né à Mogielnica le 2 mars 1902, de nationalité polonaise. Déporté le 28 juin 1942 de Beaune-la-Rolande dans le Loiret. La notice précise que ce convoi comprenait 1038 déportés. À la Libération, il y avait 35 survivants. Dans le même train, peut-être le même wagon, il y avait un Blok avec un k, Jeches de son prénom, né à Varsovie le 12 juin 1905.

Tous les 10 août, je me rends au bord de la rivière, là où Herman aurait dû se changer après être sorti de la cave. Je m'assieds sur la terre humide, je regarde passer les flots boueux pendant plusieurs heures, je reste là. C'est ma petite cérémonie pour Herman, mon petit *Shma-Yisrouel*, comme il disait. Bientôt, je ne pourrai plus, on a l'âge de ses artères. Alors, je penserai à lui sans quitter la chambre. Les hautes branches de l'acacia m'aideront à convoquer son souvenir.

La maison change. À chaque passage, les enfants d'Isabelle y mettent un peu plus le bazar. L'image de ma mère s'estompe des murs de sa demeure. Nostalgique, moi? La cave n'a pas bougé. Les meubles, les livres, la terre battue. L'air y est très sec, tout s'est parfaitement conservé. J'imagine que mes neveux y sont descendus, quand ils étaient petits, pour se faire peur.

6 **le convoi:** hier: Abtransport von Juden in die Konzentrationslager.
12 **se changer:** sich umziehen.
21 **y mettre le bazar:** große Unordnung schaffen, alles durcheinanderbringen (*le bazar*, fam.: Krempel).
22 **s'estomper:** verblassen.

Une aubaine pour des enfants. Ils ne m'en ont rien dit, ne m'ont pas posé de question. Plus tard, après ma mort, ils tenteront de reconstituer le passé. Peut-être pas tous, certains ne voudront pas savoir. Iront-ils jusqu'à creuser le sol de la cave? L'un d'entre eux finira à l'asile, ou l'un de leurs enfants, il faut bien que quelqu'un prenne pour les autres dans une famille.

Il reste une place au cimetière, dans le caveau familial, un six-places. Il a déjà accueilli mes grands-parents maternels, mes parents et une tante morte en bas âge. Ma sœur Anne a été inhumée à côté de son mari, dans le caveau de sa belle-famille. Isabelle se fera enterrer avec les siens, dans le Sud-Ouest. Claude est avec ses parents, de l'autre côté du cimetière. On n'attend plus que moi. Mais qu'ai-je à faire avec ces gens? Ma place est près de Herman, nulle part. J'ai griffonné un testament sur un bout de papier. Mes biens à Isabelle et à ses enfants, un tout petit peu plus pour Alfred parce que c'est mon filleul. Et mon corps en fumée. J'ai demandé l'incinération, ce sera ma dernière pensée pour madame Bloch.

3 **reconstituer qc:** etwas rekonstruieren.
5 **creuser le sol:** den Boden aufgraben.
6 **un asile:** Irrenhaus.
7 **prendre pour qc:** für etwas büßen müssen.
8f. **le caveau familial:** Familiengruft.
10f. **en bas âge:** in zartem Alter, jung.
11 **inhumer qn:** jdn. bestatten, beisetzen.
16 **nulle part:** nirgends, nirgendwo.
17 **griffonner qc:** etwas hinkritzeln.
19 **le filleul / la filleule:** Patenkind.
20 **une incinération:** Einäscherung.

Référence des citations littéraires

Johann Wolfgang Goethe, «Wandrers Nachtlied» (Chant de nuit du voyageur), traduit par Jean-Pierre Lefebvre, in Jean-Pierre Lefebvre (éd.), *Anthologie bilingue de la poésie allemande*, Gallimard, Pléiade, Paris, 1995, pp. 394–395.

Heinrich Heine, «Ein Fichtenbaum steht einsam», traduit par Jean-Pierre Lefebvre, in Jean-Pierre Lefebvre (éd.), *Anthologie bilingue de la poésie allemande*, Gallimard, Pléiade, Paris, 1995, p. 681. Traduit en yiddish par Ruvn Ayzland in *Di verk fun Haynrikh Hayne, zekster band: dos bukh fun lider*, Yidish, New York, 1918, p. 112.

Heinrich Heine, «Schöne Wiege meiner Leiden», in *Heines Werke, erster Teil: Buch der Lieder*, Berlin, Deutsches Verlagshaus Bong & Co., p. 90. Traduit en yiddish par Naftole Gros in *Di verk fun Haynrikh Hayne, zekster band: dos bukh fun lider*, Yidish, New York, 1918, p. 46.

Heinrich Heine, «Aus meinen Tränen sprießen» (2e chant de «Lyrisches Intermezzo»), in *Heines Werke, erster Teil: Buch der Lieder*, Berlin, Deutsches Verlagshaus Bong & Co., p. 124. Traduit en yiddish par Mani Leyb in *Di verk fun Haynrikh Hayne, zekster band: dos bukh fun lider*, Yidish, New York, 1918, p. 99.

Else Lasker-Schüler, *Mein blaues Klavier*, traduit par Jean-Pierre Lefebvre, in Jean-Pierre Lefebvre (éd.), *Anthologie bilingue de la poésie allemande*, Gallimard, Pléiade, Paris, 1995, p. 900–903.

Thomas Mann, *La Mort à Venise*, traduit de l'allemand par Félix Bertaux, Charles Sigwalt et Axel Nesme, Le Livre de Poche, 1997. Édition allemande: *Der Tod in Venedig*, S. Fischer Verlag, Berlin, 1922.

Friedrich Schiller, extrait de *Das Mädchen aus der Fremde* (*La Fille venue d'ailleurs*), traduit par Jean-Pierre Lefebvre, in Jean-Pierre Lefebvre (éd.), *Anthologie bilingue de la poésie allemande*, Gallimard, Pléiade, Paris, 1995, pp. 448–451.

Editorische Notiz

Der französische Text folgt der Ausgabe: Gilles Rozier, *Un amour sans résistance*, Paris: Denoël, 2003. Das Glossar enthält alle Wörter, die nicht in der Wortschatzsammlung *Thematischer Grund- und Aufbauwortschatz Französisch* (Stuttgart: Klett, 2000) verzeichnet sind. Dabei wird der Grundwortschatz in der Regel als bekannt vorausgesetzt; Wörter, die zum Aufbauwortschatz zählen, sind bei Bedarf erklärt.

Im Glossar verwendete französische Abkürzungen

adv.	adverbe
angl.	anglais, anglicisme
arch.	archaïque (veraltet)
arg.	argot (Jargon)
f.	féminin
fam.	familier (umgangssprachlich)
fig.	figuré (übertragen)
iron.	ironique
ital.	italien
lat.	latin
m.	masculin
péj.	péjoratif (verächtlich)
pl.	pluriel
pop.	populaire (salopp)
prov.	proverbe (Sprichwort)
qc	quelque chose
qn	quelqu'un
région.	régional (nur in bestimmten Gegenden gebräuchlich)
vulg.	vulgaire (vulgär, derb)
yid.	Yiddish

Literaturhinweise

I. Werke von Gilles Rozier

Par-delà les monts obscurs. Paris: Denoël, 1999.

Moyshe Broderzon, un écrivain yiddish d'avant-garde. Saint-Denis: Presses Universitaires de Vincennes, 1999.

Moïse Fiction. Paris: Denoël, 2001.

Un amour sans résistance. Paris: Denoël, 2003.
Dt. Übers.: *Eine Liebe ohne Widerstand.* Übers. von Claudia Steinitz. Köln: Dumont, 2004.

Fugue à Leipzig. D'un Voyage en Allemagne. Paris: Denoël, 2005.

La Promesse d'Oslo. Paris: Denoël, 2006.

II. Sekundärliteratur (Auswahl)

http://www.perlentaucher.de/buch/16999.html
Zusammenfassung von fünf Rezensionen namhafter Tages- und Wochenzeitungen zum Roman *Eine Liebe ohne Widerstand*

http://www.dumont-redaktion.de/luk-cms/content/getauthor.php?itemid=79
Vorstellung des Autors und der Übersetzung *Eine Liebe ohne Widerstand*

Botterbusch, Vera: Gilles Rozier: Eine Liebe ohne Widerstand.
http://www.br-online.de/kultur/literatur/lesezeichen/20040314/20040314_1.html

Dultz, Sabine: Bilder aus der Provinz. In: Münchner Merkur. 26. Februar 2004.
http://www.lyrikwelt.de/rezensionen/eineliebe-r.htm

Faivre, Aurélie: Un amour sans résistance (Gilles Rozier).
http://www.bm-grenoble.fr/agenda_culturel/printemps_du_livre/2004/impressions.htm

Kuckart, Judith: Liebespaar in barbarischer Zeit. In: Rheinischer Merkur. Nr. 13. 25. März 2004.
http://www.merkur.de/aktuell/mp/mp_041306.html
Meister, Martina: Wackelnder Leuchter. In: Frankfurter Rundschau. 24. März 2004.
http://www.lyrikwelt.de/rezensionen/eineliebe-r.htm
Perrier, Philippe: Cache-sexe.
http://www.lire.fr/critique.asp/idC=45322&idTC=3&idR=218&idG=3
Richter, Steffen: Liebe und Kollaboration. Gilles Rozier erzählt von Grauzonen. In: Neue Zürcher Zeitung. 27. April 2004.
http://www.lyrikwelt.de/rezensionen/eineliebe-r.htm.
Wunderlich, Dieter: Gilles Rozier: Eine Liebe ohne Widerstand.
http://www.dieterwunderlich.de/Rozier_liebe.htm.

http://www.yiddishweb.com/
Webseite des Maison de la culture yiddish in Paris

Nachwort

»Ich habe in jiddischer Literatur promoviert, ich kann in dieser Sprache sogar ein wenig dichten; auf Französisch schreibe ich Romane, in denen die Figuren häufig zwischen diesen beiden Sprachen stehen, zwischen zwei Identitäten, zwischen Wohlgefühl und Unbehagen, selten aufrichtig, nie unbeweglich, hoffe ich zumindest.«[1] Diese allgemein gehaltene Aussage über die Romanfiguren des Autors Gilles Rozier trifft in Sonderheit auf *Un amour sans résistance* aus dem Jahr 2003 zu, ein Werk, das Anfang 2004 auch in deutscher Übersetzung erschien.[2] Dass der Verfasser eine Art Wanderer zwischen verschiedenen Sprachwelten und damit wohl auch verschiedenen Teilidentitäten ist, erklärt sich aus seiner recht komplexen Biografie.

Rozier, der jüdische Wurzeln hat und dessen Großvater mütterlicherseits Moyshe in Auschwitz ermordet wurde, wurde 1963 als Sohn eines Franzosen und einer aus Polen stammenden Jüdin in Grenoble geboren. Nach dem Abitur studierte er an der Eliteuniversität ESSEC (École Supérieure des Sciences Économiques et Commerciales) und leistete danach seinen Wehrersatzdienst im Rahmen eines Austauschprogramms im diplomatischen Dienst in Jerusalem ab. Dort war er Geschäftsführer an einem christlichen Institut für jüdische Studien. Er lernte Hebräisch und begann 1984 ein Studium in jiddischer Sprache und Kultur, das ihn viel später zur Promotion auf diesem Fachgebiet führte.

Nach seiner Rückkehr aus Jerusalem im Jahre 1986 fand er eine kurzzeitige Anstellung in einer Bank, dann arbeitete er im Vertrieb der Verlagsgruppe Hachette. Nach sechs Monaten bei Hachette wechselte Rozier in die Verkaufszentrale der Galeries Lafayette, um dort den Posten eines Einkäufers

1 »Gilles Rozier über sich selbst«, auf der Homepage des Dumont-Verlags (http://www.dumontliteraturundkunst.de/).

2 *Eine Liebe ohne Widerstand,* aus dem Frz. übers. von Claudia Steinitz, Köln: Dumont, 2004.

in dem Bereich CD, Video und Schreibwaren zu bekleiden. Diese Tätigkeit füllte ihn keineswegs aus und er spricht in Selbstzeugnissen von einer »unerfreulichen Phase« seines Lebens.[3]

In dieser Zeit vertiefte Rozier seine Jiddisch-Studien und besuchte Abendkurse an der Universität. Seine detaillierten Kenntnisse dieser Sprache verhalfen ihm schließlich auch zu einer herausragenden beruflichen Position. Rozier ist heute Direktor des Hauses für jiddische Kultur in Paris, wo sich auch die Bibliothèque Medem, die größte jiddische Bibliothek Europas, befindet. Eine seiner Haupttätigkeiten besteht derzeit in der weltweiten Suche nach jiddischen Büchern in Privatsammlungen und bei jüdischen Vereinigungen.

Roziers sehr gute Kenntnis der deutschen Sprache ergab sich aus dem Umstand, dass sein Großvater väterlicherseits Deutschlehrer war und der junge Gilles mehrmals bei Freunden seines Großvaters in Kirn an der Nahe zu Besuch war. An diese Besuche in einem »Haus voller Bücher« mit deutscher Literatur erinnert sich der Autor als wahre Glücksmomente.[4]

Roziers Präferenz gehört heute jedoch dem Jiddischen: »Zurzeit spreche ich Jiddisch. Ich habe das Deutsche verlernt, um die Sprache von Moyshe zu lernen. Dennoch spreche ich die Sprache von Goethe und Goebbels gut.«[5] In diesem beziehungsreichen, durch Alliteration und Assonanz besonders frappierenden letzten Satz wird das ambivalente Verhältnis Roziers zur deutschen Sprache, in der Gewaltiges geleistet, mittels derer aber auch Furchtbares verbrochen wurde, überdeutlich …

Gilles Rozier debütierte im Jahre 1999 in der Literaturszene mit dem Kurzroman *Par-delà les monts obscurs.* Darin geht

3 »Gilles Rozier über sich selbst« (Anm. 1).

4 Ebd.

5 Ebd. (Hervorhebung der Alliteration/Assonanz durch den Hrsg.); vgl. auch die Passage in *Un amour sans résistance:* »Quelle était belle, la langue de Goethe et de Goebbels« (S. 54).

es um die wenigen Überlebenden einer jüdischen Familie aus Zentraleuropa, die in verschiedenen Ländern verstreut leben. Da ist der in Paris lebende Vater, die jüngere Tochter – die Erzählerin –, die Israel als Wahlheimat gewählt hat, und die ältere Schwester, die es in den Vereinigten Staaten zu etwas gebracht hat. Jede der Figuren muss jedoch die Last der Vergangenheit, der traumatischen Erlebnisse und der unangenehmen Geheimnisse allein mit sich herumschleppen. Beim Tod des Vaters wird aus der Sichtweise der Erzählerin, deren seelische Verletzungen wohl am stärksten sind, die schmerzliche Vergangenheit der Familie – im Versuch, sie zu bewältigen – neu aufgerollt.

Im zweiten Roman, *Moïse Fiction*, steht die fiktive Lebensgeschichte von Moses im Mittelpunkt, der in einer intimen Beichte die großen Momente seiner erstaunlichen Lebensgeschichte aufscheinen lässt. Es ist die Rede von Moses' Aussetzung am Nil, von seinem Aufwachsen am Hofe des ägyptischen Pharao und von seiner Erziehung durch dessen Tochter, »einer herrlichen Prinzessin mit pechschwarzen Augen«. Angesichts der erbärmlichen Bedingungen, unter denen die hebräischen Sklaven am Pharaonenhof arbeiten müssen, fühlt sich Moses auf Grund seiner hebräischen Wurzeln als deren Leidensgenosse und entdeckt sein Sendungsbewusstsein. In Auflehnung gegen den diktatorisch regierenden und keinen Widerspruch duldenden Herrscher fordert er die Befreiung der Sklaven und ihren Auszug ins Gelobte Land, das er – Ironie des Schicksals – selbst nie betreten wird.[6]

Roziers vorläufig letztes Werk – eine Art Reisetagebuch – trägt den Titel *Fugue à Leipzig. D'un voyage en Allemagne.*

6 »Porté par un lyrisme limpide et lumineux, le roman de Gilles Rozier ouvre une brèche dans l'édifice sacré de la Bible. Magnifiquement fantasmée par l'auteur, éludant Dieu à travers une fiction scandaleuse, l'humanité de Moïse éclaire les doutes politiques, les vertiges métaphysiques, l'intimité taboue d'un personnage mythique, ressuscitant dans une envoûtante magie narrative Hébreux et Égyptiens surgis de la nuit des temps ...« http://lireengroscaracteres.com/affaires/moise_fiction.htm.

Es enstand im Zuge einer Reise des Autors nach Deutschland, im Zusammenhang mit der Veröffentlichung der deutschen Übersetzung von *Un amour sans résistance.* Dazu sagt er selbst: »Je pressentais, avant de partir, que ce voyage serait fort. De nombreux liens me ramenaient à l'Allemagne à travers mes rencontres, mes amitiés, mon histoire familiale. Dès que le train a passé la frontière, j'ai eu envie d'écrire, je pensais que ce serait quinze pages, j'en ai écrit soixante-dix.«[7]

Dieses rund einhundert Seiten umfassende Buch handelt von drei deutschen Frauen ganz unterschiedlicher Herkunft, die im Nachkriegsdeutschland aufgewachsen sind. Unter anderem werden die deutsche Wiedervereinigung und die diversen Wunden thematisiert, die die Geschichte des 20. Jahrhunderts schlug und die sich nur zögerlich wieder schließen.[8]

Der Roman *Un amour sans résistance* ist aus der Rückschau eines Ich-Erzählers geschrieben, der um die achtzig Jahre alt sein dürfte und im elterlichen Haus irgendwo in der ostfranzösischen Provinz lebt. Dieser Erzähler richtet sich an einen imaginären Gesprächspartner und die Erzählung kommt überhaupt erst über ein Familienfoto in Gang (S. 6). Der intensiv, aber durchaus nicht lückenlos erzählte Zeitraum erstreckt sich von Anfang der dreißiger Jahre des letzten Jahrhunderts bis ins Jahr 1945, während die Nachkriegsjahre vom Erzähler, der nicht mehr viel vom Leben erwartet und mit seinem baldigen Tod rechnet, stark gerafft wiedergegeben werden (S. 186–191). Rozier lässt ganz bewusst offen, ob es sich beim Erzähler um einen Mann oder um eine Frau handelt. So wird zur Verrätselung seines Geschlechts für den kurzzeitigen Lebensgefährten (die Lebensgefährtin?) gezielt der ›androgyne‹ Name Claude gewählt (S. 32 ff.). Im weiteren Verlauf der Geschichte gibt es in diesem von Rozier

7 Pressemitteilung des Verlags Denoël anlässlich der Veröffentlichung des Buchs.

8 Vgl. dazu www.radiofrance.fr/chaines/france-culture2/mediatheque/?&id=150125027.

durchaus beabsichtigten Verwirrspiel für beide Lesarten Indizien.

In der Betrachtung des erwähnten Fotos werden die Mitglieder der Familie des Erzählers eingeführt: seine Mutter, die während der Abwesenheit des Vaters – er befindet sich in Kriegsgefangenschaft – die Familienangelegenheiten mit straffer Hand, aber ohne viel zu reden, führt (»Elle était un roc en sa demeure, comme si la maison avait été construite autour d'elle«, S. 15). Daneben gibt es die ältere Schwester Isabelle mit ihren drei Kindern, die früh heiratet, um sich dem elterlichen Zugriff zu entziehen, und fortan in Südwestfrankreich lebt. Dann ist da noch Anne, die jüngere Schwester. Sie ist opportunistisch und arrangiert sich schnell mit einschneidenden Veränderungen in ihrem Leben. Als ihr Mann, der der Kollaboration nahe steht, von Widerständlern erschossen wird (S. 16), tröstet sie sich umgehend mit Volker Hammerschimmel, einem Mitglied der Waffen-SS, mit dem sie ihre sexuelle Lust hemmungslos und unüberhörbar auslebt: »Elle adorait se faire pénétrer par l'ennemi, alors elle le criait« (S. 7). Selbst die Tatsache, dass sie nach der Befreiung Frankreichs geschoren und von einem Nachbarn vergewaltigt wird, hindert sie nicht daran, ihr unstetes Leben fortzusetzen, bis sie schließlich bei einem Autounfall stirbt (S. 187). An vielen Stellen wird sie vom Erzähler, der ihr in herzlicher Abneigung verbunden ist, mit beißender Ironie geschildert: »Elle était à l'image de son pays: offerte« (S. 7); »Elle se prenait pour la sous-préfète« (S. 15); »Quelques semaines plus tard, Volker entrait en elle comme dans du beurre« (S. 17).

Der Erzähler selbst ergreift nach einem Studienaufenthalt in Heidelberg um 1930 den Beruf eines Deutschlehrers. In Deutschland lernt er den Studienkollegen Hans-Joachim Friedberg, einen Ästheten und Literaturliebhaber, kennen. Dieser begnadete Rezitator (S. 20), der sich eine Karriere im Dunstkreis von Literatur oder Kunst erhofft, erschließt ihm die Finessen der deutschen Literatur, vor allem die der Werke Thomas Manns. Fortan ist *Der Tod in Venedig* sein Lieblingsbuch. Ihre Begegnungen sind voll unausgesprochener

Zuneigung und (homo?)erotischer Spannung und Begierde, die allerdings ungestillt bleibt: »Il avait des yeux bleu acier, avec juste une couronne plus sombre autour de la pupille, et quand il déclamait, le soir, ses yeux abandonnaient parfois le texte qu'il tenait entre ses mains pour se fixer sur moi, vifs, emportés. Sa peau était lisse, une délicate enveloppe, semblable à la peau d'une pêche tout juste mûre dont on devine qu'elle se détachera sans difficulté du bout des doigts« (S. 21).[9]

Die deutsche Literatur bleibt auch nach der *drôle de guerre* – der schnellen Kapitulation Frankreichs im Juni 1940 – die große Leidenschaft des Erzählers. Allerdings bevorzugt er die von den Nazis verbotenen Schriftsteller (»les déboutés du nazisme«, S. 25; »les recalés de la morale national-socialiste«, S. 28), was er für sich selbst als eine subtile Form des Widerstands wertet. Im Keller seines elterlichen Hauses legt er ein wohlbestücktes ›Lesekabinett‹ an, in das er sich in jeder freien Minute zurückzieht. In diese Zeit fällt auch die Scheinehe mit Claude, die nie vollzogen wird, in der nie über Gefühle geredet wird und in der die blanke Sprachlosigkeit herrscht. So nimmt es nicht Wunder, dass Claude 1944 schließlich Selbstmord begeht.

Als dem Erzähler wegen seiner guten Deutschkenntnisse von der Gestapo eine Übersetzer- und Dolmetschertätigkeit angeboten wird, nimmt er an, ohne sich klarzumachen, dass er dadurch zu einer Art subalternem Kollaborateur wird. Im Hôtel des Barres arbeitet er an der Nahtstelle der Judenerfassung und deren Abschiebung in die Internierungslager von Drancy, Pithiviers und Beaune-la-Rolande.

Hier trifft er auch zum ersten Mal auf einen jungen deutschen Soldaten, der ihn erotisch sehr stimuliert (S. 47 f.), den er aber nach dem Waffenstillstand 1940 aus den Augen verliert. Nach zwei Jahren gibt es an gleicher Stelle ein Wieder-

9 Vgl. auch Passagen wie: »J'aurais pu rester la nuit entière à le scruter, mais je me sentais coupable«; »Je […] gardais pour moi cet inassouvissement«; »ces instants de coupable régal« (S. 22 f.).

sehen – mit dem Unterschied, dass der junge Soldat jetzt als aus der Wehrmacht entlassener Jude (S. 95) deportiert werden soll. Die sexuellen Fantasien des Erzählers werden übermächtig: »J'avais souvent rêvé de lui. Nu, au garde-à-vous, serrant mes traductions à hauteur du pubis. Mes doigts parcouraient le creux de son épaule, son sein ferme comme la joue d'un cheval, son ventre, mon index tournait, tournait au bord du trou, mon doigt dans son nombril« (S. 73). Er nutzt einen Moment der Unachtsamkeit der Bewacher, um den Juden auszuschleusen und ihn bei sich im Keller zu verstecken, wo dieser zwei Jahre, drei Monate und zwei Wochen verbleibt.

In entwaffnender Ehrlichkeit stellt der Erzähler diese Handlung nicht als heroischen und bewussten Akt des Widerstands dar, sondern als Ergebnis einer Verkettung von zufälligen Umständen und glücklicher Fügung: »Un concours de circonstances, un SS qui tourne le dos, la pause déjeuner du fonctionnaire qui devait inscrire les noms des arrivés sur un registre [...]. Et aussi, qui sait? un gestapiste qui a fermé les yeux au bon moment, couvrant ainsi notre fuite [...]. La vie des hommes, en ce temps, tenait à ces hasards, à ces ridicules faiblesses et infimes désobéissances« (S. 75 f.).

Es stellt sich schnell heraus, dass Herman, der jüdische Schneider aus Warschau, des Erzählers Liebe zu Literatur und Poesie teilt. Er kennt viele Gedichte, vor allem die Heinrich Heines, auswendig, allerdings in jiddischer Version. Sein geliebter Gedichtband in jiddischer Sprache ist ihm bei der Verhaftung durch die Gestapo abhanden gekommen. Dem Erzähler, der die Gunst Hermans mit allen Mitteln zu gewinnen versucht, gelingt es, das Buch aufzustöbern und unter Lebensgefahr in seinen Besitz zu bringen. Die atemlose Spannung, als Herman die »monumentale Opfergabe« (S. 121) entgegennimmt, drückt sich in abgehackten Sätzen aus, in denen der fast stockende Herzschlag des Erzählers erfahrbar wird: »Herman prit le livre. Il s'éloigna pour l'approcher de la bougie, il me tournait presque le dos. Il ouvrit le livre, caressa une page. Plus de rire, ni de reproches. Je crois qu'il était ému. Il se taisait. Ses mains tremblaient un peu. Il se retourna, il me regarda. Il ne pleurait pas. Je voulais qu'il pleure. Il m'embrassa violemment. Je crois qu'à cette minute, il m'aimait« (S. 121).

In diesem Augenblick brechen zwischen beiden alle Dämme. Es beginnt eine Beziehung voll animalisch-hemmungsloser Gier, eine sexuelle Befreiung, die vom Erzähler wie eine verspätete Menschwerdung erlebt wird: »Je me laissais happer parce qu'il le fallait. J'étais un être vivant. Enfin« (S. 122). Stilistisch suggestiv, und doch eine Überschreitung der Grenze zur Pornografie geschickt vermeidend, deutet Rozier den Orgasmus, die sexuelle Ekstase, an: »Herman m'égaye, il me déchagrine, il me brûle, il me pique de sa machine à coudre, un ourlet de haut en bas […], ma peau file à vive allure sous le pied de biche, j'ai une marque, la plaie me parcourt le corps, elle s'infecte, je l'aime, ses brûlures sont bonnes, elle m'illuminent« (S. 143).

Ihre Liebe findet unter unwürdigen Bedingungen auf einem Notlager auf dem gestampften Kellerboden statt, ein Spiegel der verrohenden Auswirkung der Kriegssituation und des Zwangs, ihre Beziehung unter allen Umständen verbergen zu müssen.

Diese bleibt indessen stets überschattet von der Angst, aufzufliegen und an die Gestapo ausgeliefert zu werden, zumal der SS-Mann Hammerschimmel nach wie vor im Haus ein- und ausgeht. Neben der Liebe spielt die gemeinsame Lektüre deutscher und jiddischer Gedichte eine große Rolle. Herman unterrichtet den Erzähler in Jiddisch und dieser bringt ihm als Gegenleistung Deutsch bei (S. 146). In der Endphase des Krieges nehmen die Sabotageakte der Widerstandskämpfer zu, bei einem Bombeneinschlag wird das Haus teilweise zerstört und totales Chaos bricht aus.

Aus Angst, dass Herman entdeckt werden könnte, bringt der Erzähler den Liebhaber seiner Schwester schließlich mit einem Hackmesser um und vergräbt den Leichnam im Keller, unweit des Verstecks seines Geliebten. Soldatenmütze und SS-Uniform bewahrt er jedoch auf: »un costume de SS pouvait resservir« (S. 167). Im Glauben, Hammerschimmel habe sie schnöde verlassen, tröstet sich Anne umgehend mit einem Nachfolger.

Herman hält es neben der begrabenen Leiche bald nicht mehr im Keller aus. Er flieht in Hammerschimmels SS-Uniform und wird, als er Zivilkleidung anlegen will, von einem Widerstandskommando erschossen. All dies passiert ein paar Tage vor der Befreiung Frankreichs durch die Alliierten.

Rozier selbst liefert eine einfühlsame Deutung seines Protagonisten, des Ich-Erzählers, wenn er ausführt: »Zunächst gehört die Hauptperson zu den Leuten, die eher willenlos die deutsche Besatzung über sich ergehen lassen und auf die Straßenpatrouille der Deutschen nur leicht genervt reagieren. Dann, als ihr die Gestapo Übersetzungen aus dem Deutschen ins Französische und aus dem Französischen ins Deutsche in Auftrag gibt, akzeptiert das diese Person, ohne sich zu widersetzen, ohne zu fliehen oder sich der Résistance anzuschließen. Aber dann passiert etwas ganz Persönliches, Privates. Das führt dazu, dass diese Person einen Juden aus dem Quartier der Gestapo herausholen und bei sich im Keller verstecken kann – einem Keller, der zur Lesestube geworden ist, nachdem sie dort die deutschen Bücher versteckt hat. So entsteht so etwas wie Heldentum, denn nicht irgendwer hat den Mut, einen Juden aus den Fängen der Gestapo zu befreien.«[10]

Rozier will mit diesem Roman unter anderem gegen ein französisches Geschichtsbild anschreiben, das vergröbernd nur die Guten, die Widerstandskämpfer, und die Bösen, die Kollaborateure, kennt. Er will verdeutlichen, dass die Franzosen in aller Regel keine Übermenschen im Stil der klassischen Antigone waren, die der guten Sache wegen sehenden

10 Zit. nach: Vera Botterbusch, »Gilles Rozier: Eine Liebe ohne Widerstand«, http://www.br-online.de/kultur/literatur/lesezeichen/20040314/20040314_1.html.

Auges in den Tod gingen. Dies lässt er seine Hauptfigur so formulieren: »Il faut se replacer dans le contexte, qui aurait osé ramasser un cadavre de SS au risque de subir le même destin. N'est pas Antigone qui veut. Ce n'est qu'après la Libération que j'ai raconté toute l'histoire, et encore, ce n'était pas simple, car le pays n'acceptait qu'une vérité, celle des héros, des vainqueurs, des résistants de la première heure qui n'ont jamais eu autant de partisans qu'en 1945« (S. 186). Die Einsicht, dass es daneben eine Vielzahl von *résistants de la dernière heure* gab, von Wendehälsen, die vor Eintreffen der Alliierten schnell noch das politische Lager wechselten und damit die eigene Haut retten wollten, setzte sich in Frankreich erst langsam durch.

In Wirklichkeit hat es bis 1995 gedauert, bis überhaupt von höchster amtlicher Warte eine Mitschuld an der Deportation von Juden eingeräumt wurde.[11]

In der Rückschau setzt der Erzähler neben einer Bewertung der Ereignisse seines Lebens zu einer luziden Selbstanalyse an. Er erkennt, dass er immer ein Einzelgänger war, der nie über seine Empfindungen sprach und hier ganz dem Vorbild der Mutter entsprach (»J'avais eu une enfance solitaire«, S. 18f.; »ne me liant jamais d'amitié«, ebd.; »Depuis l'enfance, j'avais pris l'habitude de tout dissimuler: mes passions, mes angoisses, mes déceptions. Ma mère avait donné l'exemple« S. 28). So wird das Heine-Gedicht »Ein Fichten-

11 In einer Rede von 1995 räumt Staatspräsident Jacques Chirac kollektive Schuld der Franzosen an der berüchtigten »rafle du Vel d'Hiv« von 1942 und an der Judendeportation ein: »La France, patrie des Lumières et des Droits de l'Homme, terre d'accueil et d'asile, la France, ce jour-là, accomplissait l'irréparable. Manquant à sa parole, elle livrait ses protégés à leurs bourreaux. Conduites au Vélodrome d'hiver, les victimes devaient attendre plusieurs jours, dans les conditions terribles que l'on sait, d'être dirigés sur l'un des camps de transit […] ouverts par les autorités de Vichy. […] Certes, il y a les erreurs commises, il y a les fautes, il y a une faute collective. Mais il y a aussi la France, une certaine idée de la France, droite, généreuse, fidèle à ses traditions, à son génie. Cette France n'a jamais été à Vichy«, zit. nach: *Discours politiques français. De Danton à Jacques Chirac*, hrsg. von Wolfgang Ader und Gerhard Krüger, Stuttgart 2002 (Reclams Universal-Bibliothek 9090; Fremdsprachentexte), S. 132ff.

baum steht einsam …« (S. 4, 94) zum Symbol für die Seelenlage des Erzählers, aber auch für seine sehnsuchtsvolle Beziehung zu Herman: »*Ein Fichtenbaum steht einsam*, moi le pin, lui le palmier« (S. 157). Diese Liebe ist andererseits keineswegs nur selbstlos und hingebungsvoll, sondern fordernd und teils egoistisch geprägt, immer in dem Bewusstsein, dass der Jude Herman ihm eigentlich schutzlos ausgeliefert ist (S. 81, 162).

In der Abgeklärtheit des Alters ist er weit davon entfernt, sich zum glühenden Patrioten zu stilisieren: »Quant à mon patriotisme, il était comme celui de tant d'autres: mou« (S. 51). Weil er die verbotenen Bücher des Feindes im Untergrund liest, sieht er sich als Widerständler ohne Waffe – »mercenaire sans fusil« (S. 54). Auch die Überlegung, sich dem Widerstand anzuschließen, wird von ihm schnell verworfen (S. 62 f.), weil er dafür ja auf seine geliebten Bücher verzichten müsste. Trotzdem erfährt sein Leben durch die Rettung Hermans eine neue Sinngebung: »Je commençais la guerre et c'était bon. Je résistais, je sauvais un homme, et quel homme, je mourais de peur mais ma vie prenait sens. […] je pourrais regarder les victimes en face. Le garçon aux yeux turquoise du fond de la cave me sauvait la vie. J'entrais en résistance à ma minuscule manière« (S. 77).

Der Stachel in seinem Fleisch bleibt zum einen der Selbstmord Claudes, der ihm durch seine Unvermitteltheit Gewissensbisse bereitet, und vor allem der Abtransport ins Internierungslager der für ihre Herzenswärme von ihm geliebten Kurzwarenhändlerin Bloch (S. 68). Die Obsession seiner ›Feigheit‹ in diesem Falle lässt ihn bis ins hohe Alter nicht los. Sein Schuldkomplex tritt fast leitmotivisch immer wieder hervor (z. B. S. 155) und als letztes ›Sühnezeichen‹ für den Flammentod von Madame Bloch im Besonderen und den Holocaust der Juden im Allgemeinen verfügt er für seinen Todesfall die Einäscherung, anstatt sich in der Familiengruft beisetzen zu lassen.

Einem weniger feinfühligen Autor wäre dieser Romanstoff möglicherweise zur unsäglichen Kolportage geraten. Rozier jedoch gelingt es, mit großer Differenziertheit Menschen aus Fleisch und Blut zu schildern, die in schrecklichen, ganz und gar unsicheren Zeitläuften ein wenig Liebe erhaschen wollen und dabei prompt an unmenschlichen Umständen scheitern: »Ich machte mir klar, dass einzelne Lebensläufe nicht unbedingt mit der großen Geschichte zusammenhängen, sondern dass der kleine Alltag sich darunter mischt. Ich wollte Menschen sichtbar machen, die in die Zeitgeschichte verwickelt wurden, ohne es zuvor beabsichtigt zu haben.«[12] Diese Zielvorgabe hat Rozier mit seinem glänzend und stets spannend geschriebenen Werk voll und ganz erreicht.

Ernst Kemmner

12 Zit. nach: Botterbusch.

Inhalt

Französische Fremdsprachentexte

IN RECLAMS UNIVERSAL-BIBLIOTHEK

Erzählungen

Marcel Aymé: Le Passe-muraille et autres nouvelles. 88 S. UB 9179

Le Passe-muraille – Le Proverbe – Les Clochards

Boileau/Narcejac: Le Fusil à flèches. Contes policiers. 85 S. UB 9269

Remords – Le Corbeau – Un Coupable – Une Femme de tête – Le Fusil à flèches

Albert Camus: L'Hôte / Le Premier Homme. Extraits d'un roman inachevé. 164 S. UB 9041

Contes d'amour. 159 S. UB 9014

Émile Zola – Guy de Maupassant – Henri Barbusse – Jean Giraudoux – André Maurois – Paul Morand – Marcel Aymé – Jacques Sternberg – Christine Arnothy – Georges-Olivier Châteaureynaud – Jean-Paul Dubois

Contes provençaux. 152 S. UB 9052

Joseph Roumanille – Frédéric Mistral – Alphonse Daudet – Henri Bosco – Jean Giono – Emmanuelle de Marande

Conteurs du Maghreb. 159 S. UB 9036

Azouz Begag – Tahar Ben Jelloun – Rachid Mimouni – Mohammed Dib – Assia Djebar

Conteurs français du XXe siècle. 192 S. UB 9046

Jules Renard – Sidonie-Gabrielle Colette – André Maurois – Jean Giono – Julien Green – Marcel Aymé – Nathalie Sarraute – Marguerite Yourcenar – Albert Camus – Marguerite Duras – Boris Vian – Michel Tournier – Françoise Sagan – J. M. G. Le Clézio – Jean-Paul Dubois

Conteurs franco-canadiens. 168 S. UB 9067

Félix Leclerc – Yves Thériault – Jacques Ferron – Roch Carrier – Suzanne Jacob – Micheline La France – Marilù Mallet – Jean-Yves Soucy – Monique Proulx – Louis Hamelin – Stanley Péan

Conteurs francophones noirs. 194 S. UB 9074

Myriam Warner-Vieyra – René Depestre – Joseph Zobel – Maryse Condé – Kitia Touré – Henri Lopes – Emmanuel Boundzéki Dongala – Jean-Luc Raharimanana – Ousmane Sembène

Maurice Druon: Tistou les pouces verts. 134 S. UB 9282

Les Écrivains à l'école. Récits et nouvelles. 184 S. UB 9115

Gustave Flaubert – Alphonse Daudet – Colette – Marcel Pagnol – Eugène Ionesco – Maurice Druon – Raymond Queneau – Albert Camus – Jean-Paul Sartre – Jacques Lanzmann – Marguerite Duras – Françoise Giroud – Daniel Pennac – Robert Bober – Pierre Ferran

Gustave Flaubert: Un Cœur simple. Conte. 91 S. UB 9200

Anna Gavalda: Je voudrais que quelqu'un m'attende quelque part. 255 S. UB 9105

Petites pratiques germanopratines – I. I. G. – Cet homme et cette femme – The Opel touch – Ambre – Permission – Le fait du jour – Catgut – Junior – Pendant des années – Clic-clac – Épilogue

Guy de Maupassant: Boule de suif. Nouvelle. 96 S. UB 9011

Guy de Maupassant: Six contes. 138 S. UB 9037

Le Gueux – La Ficelle – La Parure – La Folle – L'Aventure de Walter Schnaffs – Le Horla

Französische Fremdsprachentexte

IN RECLAMS UNIVERSAL-BIBLIOTHEK

Dramen, Drehbücher

Jean Anouilh: Antigone. Pièce en un acte. 118 S. UB 9227 – L'Alouette. 199 S. UB 9126

Claire Devers / Jean-Louis Benoît: La Voleuse de Saint-Lubin. Scénario. 126 S. UB 9125

Eugène Ionesco: La Cantatrice chauve. Anti-pièce. 69 S. UB 9164

Mathieu Kassovitz: La Haine. Scénario. 155 S. UB 9081

Louis Malle: Au revoir, les enfants. Scénario. 141 S. UB 9290

Molière: L'Avare. Comédie en cinq actes. 144 S. UB 9022 – Le Malade imaginaire. Comédie en trois actes. 127 S. UB 9217 – Le Tartuffe ou l'Imposteur. Comédie en cinq actes. 131 S. UB 9087

Jean Racine: Phèdre. Tragédie en cinq actes. 135 S. UB 9299

Yasmina Reza: Trois versions de la vie. 119 S. UB 9108

Jules Romains: Knock ou Le Triomphe de la Médecine. Comédie. 111 S. UB 9154

Edmond Rostand: Cyrano de Bergerac. Comédie héroïque. 240 S. UB 9026

Jean-Paul Sartre: Morts sans sépulture. Pièce en deux actes. 109 S. UB 9175
